쌍둥이 메내크무스 형제: 메내크미

고전 르네상스 영문학회 델피시리즈 로마극 1

쌍둥이 메내크무스 형제: 메내크미

플라우투스 지음 — 심미현 옮김

도서출판 동인

델피시리즈를 내며

한국 고전 르네상스 영문학회에서는 그리스 및 로마 드라마와 르네상스 시대의 영국 드라마의 중요한 작품들을 번역하는 작업에 대한 논의가 오랫동안 있었다. 이 계획의 구체적 결과물이 델피시리즈이다.

이 시리즈의 우선 목적은 그리스와 로마의 대표적인 드라마와 르네상스 시대의 영문학 고전을 접함으로써 우리의 삶이 더욱 풍요로워질 수 있는 독특한 문학의 가치를 학생들 스스로 탐색할 수 있도록 하기 위함이다. 다른 번역서와 차별화된 델피시리즈의 특징은 본문의 번역 이외에 작품의 내용을 다양화하여 일반 독자뿐 아니라 학생들을 위한 학습용이면서 동시에 고전 문명과 드라마, 그리고 연극에 관심 있는 학생들을 위한 안내서라는 점이다.

델피시리즈가 시도하는 그리스와 로마 드라마의 번역에는 한계와 문제점이 있음을 인정한다. 여기 참여하는 번역진은 모두 영문학자들이다. 그렇기 때문에 번역은 원어인 그리스어나 라틴어가 아닌 영어를 우리말로 옮긴, 말하자면 중역이기 때문에 원문이 지닌 의미를 놓치는 부분이 상당 부분 있으리라 생각된다. 그러나 번역진은 다양한 영어 번역서를 참고하여 그 한계를 최대 한도로 좁히고자 노력하였다.

학생들과 일반 독자들에게 접근이 그리 쉽지 않은 고전 작품의 독서를 통하여 고전을 이해하고, 문학의 텍스트를 파악하여 작품이 주는 흥미와 즐거움을 델피시리즈를 통하여 많은 분들이 체험할 수 있기를 기대한다.

한국 고전 르네상스 영문학회 델피시리즈 기획위원장

고려대학교 교수　송　옥

싣는 순서

작가 소개

    티투스 마키우스 플라우투스(Titus Maccius Plautus 254-184 B.C.)는 움브리아(Umbria) 지방의 사르시나(Sarsina) 태생으로 오직 희극만을 썼던 로마 최초의 극작가였다. 그의 이름은 원래 그의 아버지의 이름을 본 따서 '티투스'로 지어졌다. 그의 생애에 관해서는 거의 알려져 있는 바가 없으나, 젊은 날 로마에 가서 무대 조수로서 일했던 것으로 추정된다. 배우로서의 그의 잠재력은 이 때 발견되었으며, 그의 이름 중에서 두 개의 다른 이름 또한 얻게 되었는데 '마키우스'는 당시 대중적 인기를 얻었던 소극(farce)에 등장했던 광대의 이름 '마쿠스'(Maccus)에서 따온 것이고, '플라우투스'는 '편평족'(flat-footed)을 의미하는 별명이었던 것으로 추정된다.

    어쨌든 플라우투스는 상선 사업에 투자할 만큼의 많은 돈을 벌었으나, 이 사업이 망하게 되자 방앗간 일꾼으로도 일했으며, 이 때 그는 여가 시간에 그리스극을 공부하였던 것으로 전해진다. 그는 40세 이후로 줄곧 그리스 희극을 개작하여 로마 무대에 올렸으며 점차 성공을 거두었다. 인기가도를 달리던 플라우투스의 이름으로 된 작품은 무려 130편에 이르지만, 확실히 그의 작품으로 추정되는 현존하는 희극은

21편이다. 그 중 대표작으로는 『황금 단지』(Aululraria), 『포로』(Captivi), 『허풍선이 군인』(Miles Gloriosus), 『유령』(Mostellaria), 『암피트뤼오』(Amphitryo) 등이 있으며, 이들은 모두 기원전 3-4세기 그리스 신희극(New Comedy)의 플롯, 사건, 배경, 인물 등을 빌려다가 자유롭게 개작한 것이다. 안타깝게도 그러나 플라우투스 극의 원전이 되는 그리스극들이 남아 있지 않기 때문에 그의 희극이 그리스 어느 작가의 작품을 얼마만큼 모방하고 있는지 알 길이 없다. 확실한 사실은 그의 극들이 그리스의 겉치장에도 불구하고 고유한 '로마성'을 희석되지 않은 채로 담고 있다는 점이다. 표면상으로는 극의 장면과 인물들이 그리스의 것이지만, 로마의 관습과 로마의 삶을 반영하고 있기 때문이다.

이렇게 개작 · 번안된 플라우투스의 극에서는 로마 시대의 새로운 직업 − 의사, 요리사, 직업군인, 창녀 − 을 지닌 인물들도 무대 위를 활보했지만, 이국적인 분위기를 자아내는 그리스의 무대 장치뿐만 아니라 등장인물들의 이국적인 삶의 방식이 골격을 이루고 있었다. 따라서 로마의 관객들은 무대 위에서 벌어지는 상황을 거리를 두고 즐길수 있었다. 기원전 3-4세기 그리스 신희극은 구희극(Old Comedy)과는 달리 동시대의 아테네 부르주아를 등장인물의 모델로 삼고, 당시의 정치와는 무관한 현실적인 관심사 − 사랑과 결혼, 돈, 우정, 부자간 갈등, 남녀간 갈등 − 를 주제에 반영했다. 로마의 신희극 역시 주제 면에서 사회문제나 정치인을 비판하는 등의 사상적인 내용과는 무관한 소극과 같은 희극 소재였고, 게다가 극 세계의 인위성을 증가시키는 공연적 차원이 개발되었다. 이것이 로마 관객들에게 호소력을 지녔다.

또한 희극 작가로서의 플라우투스의 인기는 천부적 유머 감각과 언어의 활력과 풍부함에 있다. 그의 대사는 빠르고 유머가 넘치며, 기악반주가 동반된 노래 형식의 대사라든가 연극적 제스처도 눈에 띄는 특징이다. 플라우투스가 대중적 인기를 누렸던 이유가 바로 이것이다. 전형적인 플롯은 젊은 남녀의 사랑의 성취와 가족간의 재회와 화해이며, 대표적인 등장인물로는 완고하지만 마음씨 좋은 아버지, 방탕한 아들, 술수를 부리는 식객, 순진한 정부, 허풍선이 군인과 영리한 하인 등이 있다.

플라우투스는 테렌스(Publius Terentius Afer 195-159 B.C.)와 함께 로마 시대의 대표적인 극작가로 손꼽힌다. 이들의 작품은 근세 이후 셰익스피어(William Shakespeare)와 몰리에르(Molière) 등의 극작가, 그리고 현대극에 이르기까지 많은 영향을 미쳤다.

로마 연극

　로마의 연극은 그리스인 리비우스 안드로니쿠스(Livius Andronicus 284-204 B.C.)가 그리스극을 라틴어로 번역하여 로마 축제에서 상연했던 240 B.C. 무렵에 시작되었다. 로마 극작가들은 그리스 신희극의 원작을 번역하고 로마인의 취향에 맞게 고치고 변형하였는데, 그 과정에서 그리스 신희극의 등장인물과 배경은 그대로 남겨두었다. 이러한 부류의 극들을 일명 '파블라에 팔리아타'('fabulae palliata' '그리스 옷을 입고하는 희극' – fabulae는 '이야기'라는 뜻이고 palliata는 그리스 옷 palla에서 유래한다)로 칭했다.

　로마극의 출처가 되었던 그리스 신희극의 극작가로는 323-250 B.C. 경에 아테네 무대를 위해 극을 썼던 메난더(Menander), 필레몬(Philemon), 디필루스(Diphilus) 등이 있었다. 로마 극작가들이 개작하는 과정에서 영향을 받았음직한 요소로는 그리스 희극 작가 아리스토파네스(Aristophanes 448-380 B.C.) 이전부터 일찍이 전해 내려온 무언극 전통과, 특히 이탈리아의 아텔라(Atella) 지방에서 발달된 소극(farce)을 꼽을 수 있다. 따라서 로마 신희극의 두드러진 특징은 익살광대짓, 솔직한 익살, 도식적이고 과장된 판에 박힌 등장인물, 정형직인 플롯 등으로 나타난다. 그러나 막(Act)간 코러스가 생략되고, 막의 구분 또한 없어진 것은 그리스 신희극과의 차이점이다.

　이 시대에 연극 공연은 일 년에 네 번 개최되는 종교적 축제 기간이나 특별한 경기 기간동안 경마, 곡예 부리기, 검투사 쇼와 같은 인기 있는 여흥거리와 함께 행해졌으며, 각계각층의 사람들이 무료로 관극하였다. 초기에는 거의 가설극장으로서 관객석은 없고, 무대 뒤쪽에 나무판자 벽이 있는, 나무 울타리를 둘러친 거의 반원형 모양의 임시 극

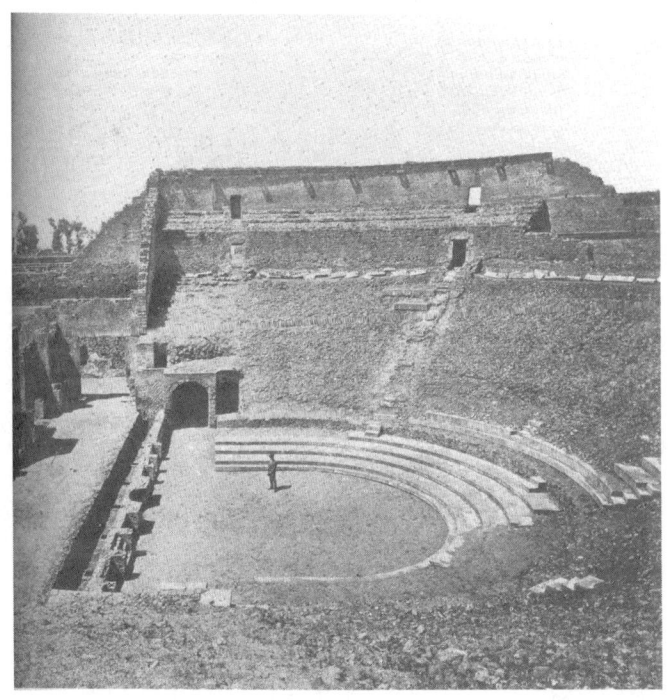

기원전 2세기에 건축된 폼페이 극장. 이탈리아에 남아있는 극장 중 최초의 극장. 플라우투스와 테렌스의 극 공연 장소로 제공되었을 것으로 추정된다.

장이었다. 이들 극장들은 세워졌다가 상연 후에는 헐리곤 하였다. 그리스 극장을 본 뜬 석조 상설극장이 세워진 것은 폼페이가 극장을 세운 55 B.C. 이후이다. 관중석은 돌계단으로 경사가 높아지는 구조로 되어 있었으며 코러스를 위한 무대 앞의 반원형의 오케스트라 무대가 있었다. 극장 수용 인원은 대략 만 명에서 만 오천 명 정도였던 것으로 추정된다.

무대배경은 거의 동일하다. 무대 위의 거리와, 거리에 나란히 붙어 있는 정면만이 보이는 2-3채의 집이 있었다. 사건은 주로 아테네 도시의 거리를 나타내는 집 앞에서 일어난다. 관객의 오른쪽으로 나있는 출구는 광장으로 통하고, 관객의 왼쪽으로 나있는 출구는 항구로 통한다.

배우들은 노예이거나 또는 노예 신분에서 해방된 자유민으로 신분이 낮았다. 의상은 그리스의 의상을 재현하긴 했지만 서로 다른 의상 색깔로써 특정 유형의 인물을 나타내는 양식화된 특징을 지니고 있었다. 예컨대 노예는 빨간 가발을 쓰고 어두운 색의 소매없는 튜닉을 입고, 노인은 하얀 가발을 쓰고 하얀 겉옷을 입는다. 정부는 노란색 옷을, 식객은 검정색의

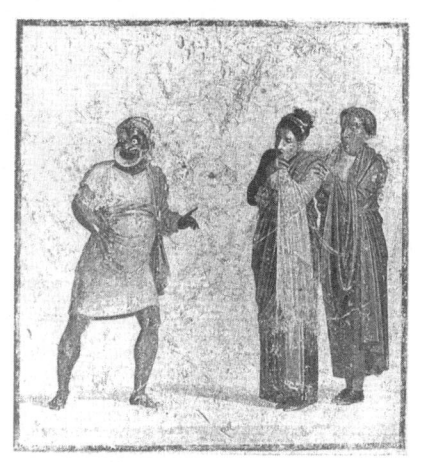

회극 가면을 쓰고, 회극 의상을 입고 있는 배우들의 모습. 여자 뒤로 젊은이가 보이고, 노예는 짧고 소매 없는 튜닉과 짧은 망토를 입고 있다. (폼페이의 키스카 롱구누스 집 소장 그림)

14

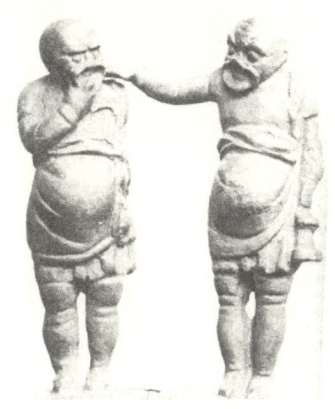

이탈리아의 고대도시인 프라이네스테의 제사 용기 상자 뚜껑 위에 조각된 로마 희극 배우들(기원전 3세기)

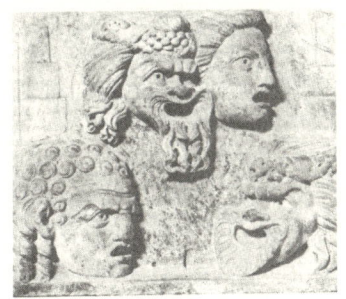

아버지, 아들, 젊은이, 노예를 나타내는 로마 희극 가면의 부조(바티칸 박물관)

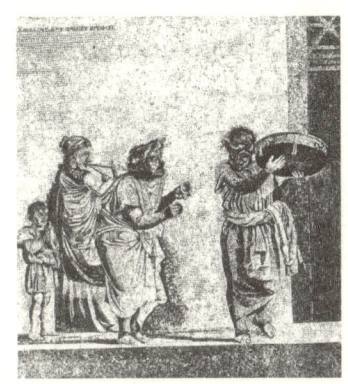

조그만 무대 위에서 탬버린, 심벌즈, 아울로스(고대 그리스 관악기)를 연주하는 거리의 음악가들. (기원전 2세기 폼페이 모자이크, 현재 나폴리 박물관 소장)

옷을 입었던 것으로 전해진다. 그러나 배우들이 그리스극에서처럼 유형화된 인물을 나타내는 가면을 착용하였는지를 명백히 밝혀줄 수 있는 자료는 없다. 후기 로마극에서는 가면을 착용했다는 자료가 있지만 초창기 극들이 어떠했는가에 대해서는 모호하다.

연기 양식은 현대극과는 다소 달랐음에 틀림없다. 관객에게 대사를 잘 전달할 목적으로 대사 중 많은 부분이 기악 반주가 곁들여진 우아한 노래 형식으로 되어 있었으며, 고도로 발달된 몸동작 기술로써 의미의 전달을 강화하였다.

쌍둥이 메내크무스 형제: 메내크미

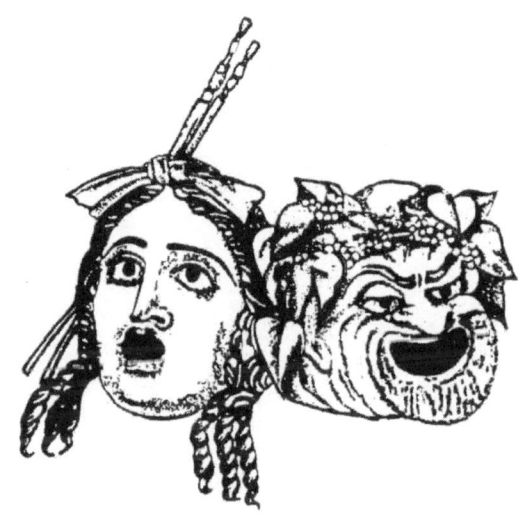

쌍둥이 메내크무스 형제: 메내크미

■ 등장인물

메내크무스   에피담누스[1])에 살고 있는 결혼한 젊은이

소시클레스   메내크무스의 쌍둥이 아우, 일반적으로 메내크무스라는 이름으로 또한 알려져 있음.

페니쿨루스[2])   별명은 스펀지, 메내크무스의 식객

에로티움   메내크무스의 정부

메세니오   소시클레스의 노예

실린드루스   에로티움 집의 요리사

하녀   에로티움 집의 하녀

아내   메내크무스의 아내

아버지   메내크무스의 장인

의사

노예들과 짐꾼들

    장면은 에피담누스의, 메내크무스의 집과 에로티움의 집 바깥.

    서막은 이름이 밝혀지지 않은 등장인물이 말한다.

---

1) Epidamnus: 아드리아 해에 접해있는 그리스 북서부의 전초지로서 무역중심의 항구 도시였다.
2) Peniculus는 라틴어로 '솔'(브러시)을 뜻함.

서막

우선, 여러분, 여러분 모두를 진심으로 환영합니다 -
그리고 저도요. 제가 오늘 할 일은,
여러분들의... 눈이 아닌, 귀 앞에다 플라우투스를 모셔오는 거지
요;
그러니 그 양반이 얘기해주는 것을 제발 경청해주세요.
그리고 제가 이 자리에서 꼭 들려드려야 할 이야기를
간략하게 풀어나가는 동안에 제발 저에게 귀 기울여 주시고요

　　그런데 말입니다, 우리네 희극작가들은 극에서 벌어지는 일들이
아테네에서 생긴 일이고, 또한 진짜 그리스의 분위기를 자아내야
할 것이라고 주장하는 버릇이 있답니다.
이 극의 배경으로 말씀드릴 것 같으면 - 여러분 제 말씀을 믿으셔
야 되요.
이 일이 발생한 곳은... 그야 이 일이 벌어졌던 그 장소에서였지요.
이 이야기는 그리스 숨결이 풍긴답니다, 여러분도 아시게 될 테지
만 비록 아티카는 아니더라도, 시칠리아의 분위기이지요.
제가 줄거리의 서두를 너무 길게 했군요.
이제 본 줄거리를 - 자루와 되에다
채워 넣어 넘치도록 푸짐하게 재서 드리겠습니다.

제가 사실상 곳간 전체를 드리는 격이죠.

제가 이 극의 이야기를 시작하면서

덤으로 거저 드리는 것이 너무 많으니까요.

　시라큐스3)의 어떤 상인이

아들을 둘 낳았는데, 그 애들은 어릴 때부터

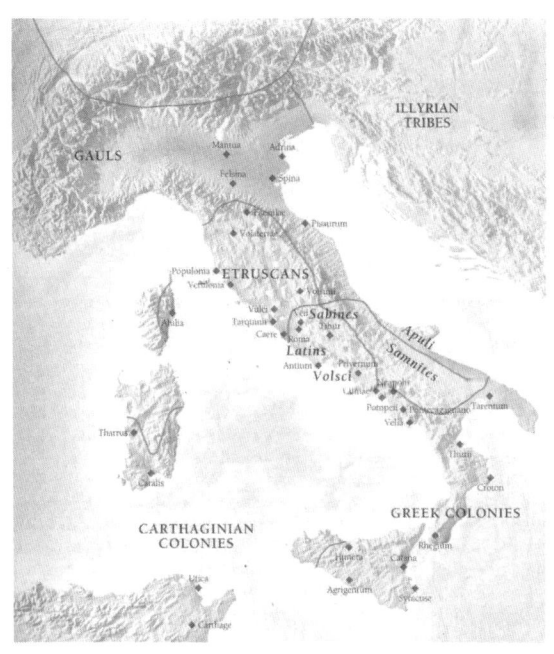

기원전 4세기 이탈리아 지도(이탈리아 남동부의 타렌툼과 이탈리아 서남부
앞에 위치한 섬의 시라큐스가 보인다)

---

3) **Syracuse**: 이탈리아 반도 남서부 앞에 위치한 시칠리아 섬의 남동부 해안가 항구도
시. 고대 코린토스의 식민시로서 기원전 734년에 건설.

어찌나 똑같이 생겼던지 유모도 엄마도

두 아기를 분간할 수가 없었더라나요.

그 애들을 본 사람으로부터 제가 들은 바에 따르면 ―

그 애들은 차이가 너무 없었대요.

여러분께 알려드리고 싶은 건, 제가 그 애들을 본 적은 없다는 거

예요.

자, 그 소년들이 일곱 살 정도 되었을 때

그 애들의 아버지가 외국으로 사업차 여행을 계획하고는,

배에다 짐을 싣고 그리고, 한 아이를 배에 태우고,

타렌툼[4]으로 배를 향해 갔답니다, 그 아이의 쌍둥이 아우는

시라큐스에 있는 집에 아이 엄마랑 남겨두고요.

그들이 타렌툼에 도착했을 때 마침 축제가 한창이었답니다;

수백 명의 사람들이 축제일 장날을 구경하러 왔대요.

그런데, 군중 속을 헤매다가, 그 꼬마 녀석이

어느 날 아버지랑 따로 떨어지게 되었답니다.

어떤 에피담누스의 상인이 그 꼬마를 발견하고는

그 애를 에피담누스로 데려갔대요.

한편 사랑하는 아들을 잃고서 절망적인 슬픔에 휩싸인,

그 아이의 아버지는, 며칠도 못가서,

병에 걸려 타렌툼 땅에서 죽고 말았더랍니다.

---

4) Tarentum: 이탈리아 반도 남동부의 항구도시. 시실리와 그리스 사이를 운항하는 배
   들의 정박지였다.

얼마 지나지 않아 그 소식은 시라큐스에 전해졌고,
아이의 친할아버지는 당신 아들이 죽었다는 소식을 접하고서
당신의 손자를 또한 그리워하면서,
살아남은 쌍둥이 손자의 이름을 메내크무스로 바꾸었답니다.
(사실 이 할아버지는 잃어버린 손자를 더 좋아했기 때문이래요)
집에 남아있었던 손자 소시클레스는, 메내크무스가 되었는데,
그건 그 아이의 잃어버린 쌍둥이 형의 이름이었죠.
그건 또한 그들 친할아버지의 이름이기도 했어요.
(제가 그걸 알게 된 건, 그 양반이 진 빚 때문에 난리법석이 난 걸
들은 적이 있기 때문이지요). 그게 정확하길 바랍니다. . .
하지만 잊지 마세요 . . 그 쌍둥이는, 등장할 때
둘 다 메내크무스로 불리게 될 거라는 사실을요. 자, 다시
저는 에피담누스로 이동합니다.

그는 몇 발자국 옮긴다.

이 사건의 나머지를 설명해드리기 위해서죠. . .

그는 갑자기 말을 끊는다. 그리고는 산문조로 말을 잇는다.

혹시 제가 에피담누스에 가면 저에게 부탁할 일 있으신 분 계세요?
만일 계시다면, 지금이야말로 말씀하실 절호의 시간이지요. 두려워
마세요. 제게 부탁하세요 – 그런데 그 일을 위해 필요한 밑천은 물
론 주셔야죠. 돈 없으면, 일도 못하는 거죠. 만일 여러분이 그 돈을
제게 주신다면 그 돈이 어떻게 되는가 하는 것은 여러분이 상관할
바 아니구요! . . .

무대 위의 배경을 가리키며

이 곳이 전부 에피담누스입니다. 어쨌든, 이 극이 진행될 동안은 말이지요[5] 제가 생각하건 데 다른 극에서라면 이 곳은 또 어떤 다른 장소가 되겠지요. 집도 마찬가지예요 — 어느 날은 어떤 젊은이가 사는 집이 되었다가, 다음 날은 어떤 노인이 사는 집이 될 수 있고요; 부자, 가난뱅이, 거지, 왕, 예속 평민, 또는 예언자의 집도 될 수도 있지요. . . 하지만 저는 지금 제가 있는 여기에 그대로 남아 있으면서. . . 제가 아까 있었던 곳으로 다시 되돌아갈 거예요.

그 아이를 훔쳐갔던 에피담누스 상인은
자식이 없었데요; 돈은 그 사람의 인생 전체이자
존재였데요, 하지만 그는 전성기 일을 마쳤을 때
그 돈을 남겨줄 아들이 없었던 거죠.
그래서 그 아이를 양자로 삼고, 나이가 찼을 때
지참금 있는 아내[6]를 맺어주고, 그리고 유산을 상속했데요.
그러고는 그는 죽었데요. 사람들이 말하기를
시내 외곽 시골길에서, 폭풍우가 몰아치는 날,
그 상인이 급류를 건너려고 바동대다가 휩쓸려 빠져버렸데요;
그렇게 그 아이 도둑은 지옥으로 끌려가게 된 거지요.
아이를 낚아챘던 그 인간이 말이에요!

---

5) 이러한 언급은 당시에 동일한 장면이 어떤 장소로도 사용될 수 있었던 무대 관습을 강조한 것이다.
6) 지참금을 지닌 아내는 신희극에 등장하는 전형적인 인물 중 하나로서 불평불만을 일삼는 남편 위에 군림한다.

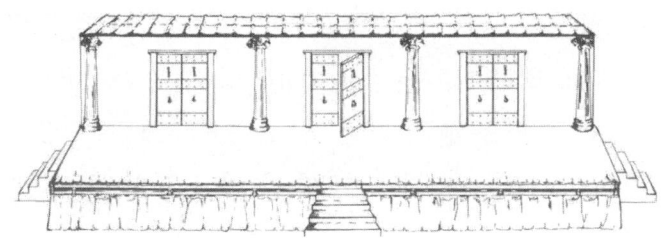

플라우투스-테렌티우스 식 무대를 재구성한 것(마싸 카우프만 그림)

양자가 된 그 젊은이는 넓은 토지를 상속받게 되었으며, 저기에서
집을 보여주면서
그 메내크무스가 지금 살고 있지요. 자 보세요; 여기에서
여러분들은 시라큐스에서 온 다른 쌍둥이가
하인 한 명을 데리고 에피담누스에 나타나는 걸 보게 되실 겁니다.
그의 쌍둥이 짝을 찾기 위해서지요 – 그리고는 그를 찾게 된다니
까요.

페니쿨루스가 시내 쪽에서 들어온다,
지금 막 메내크무스의 집을 방문하려던 참이다.

페니쿨루스

제 이름은 페니쿨루스에요. 젊은 친구들이 저를 스펀지라고 부르기
도 해요 – 왜냐하면, 밥을 먹을 때마다 식탁을 깨끗이 닦아내다시

피 하니까요! . . .7)

　그런데 말입니다, 사람들이 죄수를 쇠사슬로 가두고, 도망치는
노예에게 족쇄를 채우는 것은 웃기는 짓거리예요 - 적어도 제 생
각에는 그래요; 만일 어떤 사람이 말썽을 부려 붙잡혀 있는데, 거
기다가 더 힘들게 괴롭혀보세요, 그러면 그 인간은 더 도망치고 싶
어 안달을 내고, 죄를 더 많이 저지르게 될 거예요. 언제나 이런 저
런 수단을 써서 쇠사슬에서 벗어나려고 한다니까요; 족쇄가 채워져
있으면, 줄질해서 고리를 문질러 없애거나 돌로 쳐서 빗장을 박살
내버리죠; 그런 건 어린애 장난 밖에 안돼요. 만일 도망치려는 사
람을 정말로 붙들어 매고 싶다면, 음식과 술을 주는 게 최고로 좋
은 방법이에요; 가득 차려진 식탁에다 코를 박도록 하는 거예요;
달라고 하는 걸 뭐든지, 매일 줘보세요 장담컨대, 그러면 절대로
도망가지 않을 테니까요, 심지어 그 인간이 죽을죄를 지었더라도
말입니다; 죄인을 붙잡아 두는 일은 하나도 어려울 게 없어요, 그
런 식으로 옭아매면 말입니다. 음식 - 이거야말로 놀라우리만치
효과적인 일종의 구속복이죠; 그걸 잡아당기면 당길수록 더욱 더
바싹 달라붙는다니까요 . .

　자, 제 말씀을 들어 보세요; 저는 지금 막 제 친구 메내크무스에
게 가는 길이랍니다. 저는 지금 꽤 오랫동안 그의 노예로 지내왔습
니다.8) 그리고 전 여전히 저를 옭아매도록 자발적으로 몸을 맡길

---

7) 식객들의 별명이나 그것에 대한 설명은 그리스 희극 전통의 일부였다.
8) 로마법에서는 채무자가 빚을 갚지 않을 경우, 노동을 제공해서라도 빚을 갚게 하
　기 위해 채권자에게 구류되었다. 페니쿨루스의 경우는 이런 경우와는 달리 음식을

겁니다. 정말이지, 그는 그냥 식사만 제공하는 것이 아니라 건강을 증진시켜서 아예 새 사람을 만들어준답니다. 그에게 필적할 만한 의사가 없을 정도지요. 그는 그런 주인이에요; 본인도 엄청난 식욕을 가졌을 뿐만 아니라, 풍작을 기원하는 축제에나 어울릴만한 연회[9]를 벌여서, 식탁 위에 기묘한 주방용 그릇에다 어찌나 높게 음식을 쌓아 올리던지 꼭대기의 음식에 손이 닿으려면 의자 위에 서야할 판이지요.

아 그런데 애석하게도, 저로 말씀드릴 것 같으면, 지난 며칠 동안 그 일을 뚝 끊었지 뭡니까. 요즘 내내 전 소중한 제 새끼들과 함께 집에 틀어박혀 있었어요 — 제가 사거나 먹는 게 뭐든지 굉장히 비싼데다가, 정말이라니까요! 더군다나, 제가 사놓은 비싼 식량들이 이제 바닥나고 있어요. 그래서 제가 저의 친애하는 후원자를 방문하러 가는 길이지요. . . 아, 문이 열리네요. . . 메내크무스가 밖으로 나오네요. . .[10)

그는 모퉁이로 물러선다.
젊은이 메내크무스가 자기 집 문에 등장한다.
집 바로 안쪽에 있는 아내와 말다툼을 끝내는 중이다.

메내크무스

. . . 만일 당신이 심술궂고, 멍청하고, 고집 세고, 참을 수 없는 그

얻어먹기 위해 이러한 구속을 자원한 것이다.

9) 풍작의 여신(키레스) 축제(Festival of Ceres)를 뜻함. 곡물에 해가 끼치는 것을 막기 위해 4월에 열렸던 봄축제였다.

10) 고대극에서는 대개 새로운 등장인물이 등장하기 직전 그들의 이름을 관객에게 알려준다.

런 여자가 아니라면, 남편이 싫어한다 싶은 일은 할 생각을 말아야지. . . 당신 이런 식으로 더 이상 계속하면, 나 당신하고 이혼하고[11] 당신 아버지한테 지체 없이 쫓아낼 거야. . . 내가 문 밖으로 외출하려고만 하면, 그냥 나를 막고서 불러들여서는, 뭘 가지러 가냐, 뭘 가져올 거냐, 나가서 뭘 했느냐 하면서 이것저것 물어보며 나를 성가시게 괴롭힌단 말이야. 나 차라리 부두 직원하고 결혼하는 게 나을 뻔했어, 하는 일마다 사사건건 온갖 것을 신고해야만 하는 식이니. . . 내가 당신을 몹쓸 사람으로 만들어 놓은 서야. 바로 그거야. 하지만 당신한테 응당 해야 할 경고하겠는데: 내가 당신한테 하인이며, 음식이며, 옷이다, 보석이다, 가정용 린넨 천에다, 화려한 옷이며, 그러니까 당신이 필요하다 싶은 걸 전부 다 해주는 걸 생각해서라도 앞으로 친절하게 굴어야 될 거야. 그렇지 않으면 괴롭게 될 걸 – 그러니 이제 남편 일거수일투족을 감시하는 일은 그만두란 말이야. . .

문에서 몸을 돌리면서
정신 차려, 계속 염탐하고 싶은 게 있거든, 어디 해보라구. . . 오늘 밤 내 애인을 데리고 어딘가로 가서 저녁식사에 초대나 해야겠는 걸.

페니쿨루스
저 양반 지금 자기 마누라에게 호통치고 있다고 생각하겠지만, 정작 골탕 먹는 건 나인걸. 만약 집에서 저녁밥을 안 먹게 된다면 자

---

11) 그리스와 로마 시대에 이혼은 법적으로 용이했다. 법 제도상 이혼 사유가 반드시 필요하지도 않았다.

기 부인보다도 내가 더 실망인 걸.

메내크무스

좋아; 성공이군! 내 말에 마누라가 놀라서 문에서 들어갔구만. 자 그렇다면, 친애하는 모든 남편들이여. . . 그대들은 저의 영웅적 투쟁에 대해 포상과 축하인사를 잔뜩 해주시지 않으렵니까?

그는 이제서야 자신의 망토 밑에
아내의 옷 하나를 껴입고 있음을 드러낸다.

보세요, 저는 방금 마누라의 이 옷을 훔쳤는데, 이걸 내 정부한테 갖다 줄 겁니다! 이게 마누라를 다루는 방식이죠. . 눈치 빠른 여교도관의 뺨을 한 대 찰싹 때린 격이죠! 동지들, 이런 게 멋지고, 교묘하고, 독창적인 고수의 수작이라니까요! 이건 그 야비한 여편네에게 뭔가 대가를 치르게 하거나 ─ 아니면, 그 일로 인해, 제가 대가를 치러야 할 거예요. . . 제가 그런 수작에 작별을 고해야만 할 테니까요. . . 아, 그러니까, 제가 동지들을 위해 적으로부터 전리품을 쓱싹 훔쳐두었다고 해둡시다.

페니쿨루스

이봐요, 난 어떻게 되는 거예요? 전리품에 내 몫도 있나요?

메내크무스

그를 쳐다보지 않고 그의 말을 들으면서

제기랄! 누군가 날 염탐하고 있나보지?

페니쿨루스

아니에요. 누군가가 보호를 해드리고 있는 거지요; 놀랄 것 없어요

메내크무스

게 누구요?

페니쿨루스

    저예요.

메내크무스

    오, 너로구나, 나의 옛 친구 현장 - 출동군, 나의 친애하는 안성맞춤
    - 도착 씨, 잘 지냈나?

페니쿨루스

    아주 잘 지내지요, 고마워요. 안녕하신지요?

                                          그들은 악수한다.

메내크무스

    지금 여기서 뭐 하는 거냐?

페니쿨루스

    나의 수호천사 손을 잡고 있잖아요

메내크무스

    자네 진짜 운 좋게 때 맞춰 나를 찾았네.

페니쿨루스

    알아요 난 그런 사람이지요 난 유리한 순간을 초시계까지 알아 맞
    출 수 있으니까요

메내크무스

    눈요기할 광경 한 번 볼 테냐?

페니쿨루스

    누가 요리했느냐에 달렸지요. 먹다 남은 찌꺼기를 보여주시면 그
    요리에 잘못된 게 있나 없나를 말씀드리지요

메내크무스

    혹시 벽화 본 적 있냐. . . 독수리가 가니메데스[12)]를 납치하는 거라
    든지, 또는 비너스가 아도니스[13)]를 유혹하는 그림말이야?

페니쿨루스

가끔씩요. 하지만 제가 왜 그런 그림들에 특별히 관심을 두어야 하지요?

메내크무스

여자 옷을 입은 채로 우아한 자태를 취하면서
봐라. . . 내가 그런 신들처럼 보이지 않니?

페니쿨루스

도대체 뭣 때문에 그런 옷을 입고 계신 거예요?

메내크무스

날 멋진 사람이라고 말해봐.

페니쿨루스

설명할 수 없는 기이한 행동을 모르는 체 하면서
밥은 어디서 먹을 건데요?

메내크무스

내가 너에게 시킨 말이나 먼저 해.

페니쿨루스

고분고분하게
멋진 분이십니다.

메내크무스

할 수 있는 말이 고작 그것뿐이냐?

페니쿨루스

게다가 가장 재미있는 분이시기도 하고요.

---

12) Ganymede: (그리스 신화) 원래 트로이의 왕자였으나 그의 미모 때문에 제우스의 성조인 독수리에 의해 납치되어 제우스의 술시중을 들게 되었음.
13) Adonis: (그리스 신화) 아프로디테(로마 신화의 비너스)가 사랑한 미소년.

메내크무스

그 밖에 또?

페니쿨루스

맙소사, 없어요 – 그게 나에게 무슨 도움이 되는지를 알 때까지는
말씀드릴 것이 없다구요 서방님이 마님과 말다툼을 하신 게 틀림
없는 것 같은데, 그렇다면 저는 한 걸음 한 걸음마다 조심해야지요

메내크무스

걱정하지 마; 우리 근심을 파묻고, 내 마누라가 모르는 곳에서 하
루를 화끈하게 불태워 날려보자구.

페니쿨루스

그렇다면, 좋아요; 이제야 분별 있는 말씀을 하시네요 명령만 내리
세요 제가 장작에 불을 붙일께요; 오늘도 날이 이미 허리춤까지
기울었는걸요. 기다릴게 뭐가 있어요?

메내크무스

자네가 말 끝내기만을 기다리고 있는 거지.

페니쿨루스

서방님이 명령하지 않은 말을 한마디라도 내뱉거든, 제 눈을 때려
서 뽑아버리세요.

메내크무스

그 문에서 멀찍이 떨어져 이리로 오게.

페니쿨루스

조금 움직이면서, 그러나 계속 초조한 눈빛으로 대문을 바라보면서
그러지요.

메내크무스

역시 문을 경계하면서 지켜보면서

이쪽으로 더.

페니쿨루스

원하신다면.

메내크무스

됐네. 두려워할 것 하나도 없다니까. 이제 암사자의 동굴에서 등을
돌리지 그래.

페니쿨루스

서방님은 어떻고요? 마차 경주자처럼 잘 하시는데요

메내크무스

왜 마차 경주자냐?

페니쿨루스

적이 서방님을 따라잡을까 싶어 계속 어깨너머를 쳐다 보시니까요.

..

메내크무스

이봐, 나에게 말 좀 해보게 —

페니쿨루스

제가요? 저야 뭐든지 서방님이 원하시는 대로 말씀드릴게요, 안 하
는 게 더 좋다 하시면 그렇게 하고요.

메내크무스

자네 냄새 잘 맡나? 냄새로 뭔지 알아맞힐 수 있냐구?

페니쿨루스

왜요? 저더러 복점관단14)에 추천이라도 하고 싶은 건가요?

메내크무스

이 옷 냄새 좀 맡아봐. . . 무슨 냄새가 나니?

그에게 옷의 스커트를 들이대면서

냄새 맡기 싫은 거야?

페니쿨루스

전 차라리 여자 옷의 윗도리 냄새를 맡고 싶어요; 다른 데선 씻지 않은 냄새 같은 게 나거든요 . .

메내크무스

그렇다면, 이 부분 냄새를 맡아봐. . . 어허, 까다롭게 굴기는.

페니쿨루스

그랬으면 오죽 좋을까요

메내크무스

그나저나, 무슨 냄새가 나나?

페니쿨루스

이 냄새는. . .

메내크무스의 의도를 알아차리고

훔친 물건 냄새에다, 몰래 바람피운 냄새, 그리고 공짜 점심의 냄새가 나는데요 제가 바라기는 −

메내크무스

맞았어! 점심이라는 말이 딱 맞아. 이 옷은 내 애인 에로티움에게 갈 거야, 난 그 여자 집에다 그 여자와 나, 그리고 네가 먹을 점심상을 차리도록 할 거야.

---

14) College of Augurs: augurs는 (고대 로미의) 복점관(새의 움직임 등으로 공사의 길흉을 점치던 신관)

페니쿨루스

이렇게 좋을 수가.

메내크무스

그 집에서 내일 새벽까지 흥청망청 마셔 보자구.

페니쿨루스

근사하기도 해라! 말씀만 들어도 좋아요. 문을 두드려볼까요?

즉, 에로티움이 사는 옆집의 문을 말한다.

메내크무스

제발 그러려무나. . . 아니, 기다려봐라.

페니쿨루스

실망하여

아이구 지금 큰 술잔을 십리나 밀쳐내신 거라구요.

메내크무스

살살 두드려라.

페니쿨루스

왜요? 이 문이 사모스섬의 도자기15)로 만들어진 것도 아니잖아요?

그는 문을 쾅쾅 친다.

문이 즉각 열리고 막 나오려던 참이던 에로티움이 보인다.

메내크무스

기다려, 기다려봐, 제발! 여기 그 여자가 나온다니까. . . 저 아름다운 여인의 광채 옆에서는 태양도 얼마나 침침한지를 보라구!

에로티움

메내크무스, 나의 연인! 어서 오세요!

---

15) 로마 유적에서 많이 발굴되는 적갈색 또는 흑색의 무른 도자기로서 값이 싸고 깨지기 쉬운 것으로 알려져 있었다.

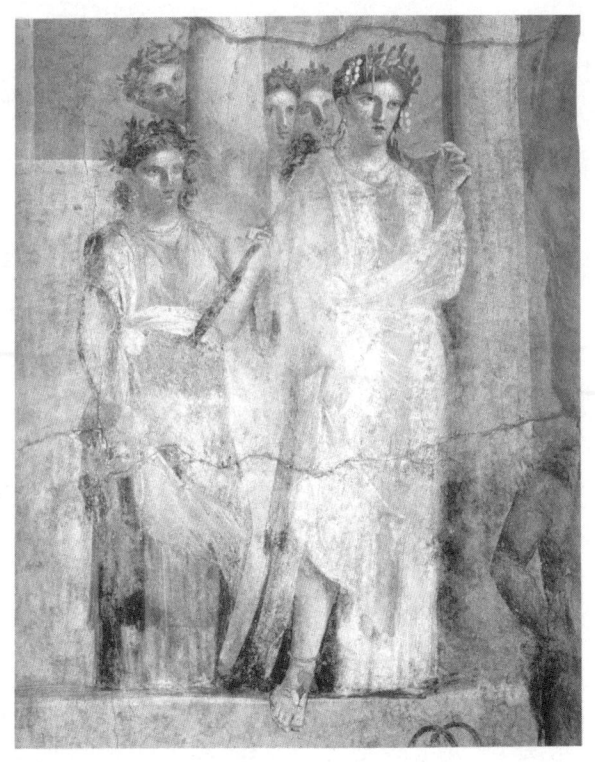

부유한 여인을 묘사한 로마 프레스코 벽화. 머리에 화환을 쓰고 있는 것으로 미루어 평상시가 아님을 알 수 있다. 그러나 이것이 극장 공연 장면인지, 종교적 의식인지, 또는 약혼식이나 성년식 장면인지는 명확하지 않다.

페니쿨루스

    난 반기지도 않고?

에로티움

    넌 중요치 않아.

페니쿨루스

    전쟁터에서와 같구만 – 하기야 비전투 종군자는 번호도 없으니까.

메내크무스

맞는 말이지; 난 오늘 너의 집에서 나 나름대로 교전을 벌일 계획을 세워놓았어.

에로티움

그렇게 해드려야죠.

메내크무스

저 녀석과 내가 주량 싸움을 벌일 거야; 그런데 술병-전투장에서 더 많이 마신 우수한 병사로 판명난 자가 누가 되든지 그 사람이 너의 징집병이 되는 거라구. 너는 심판이 되어서 너의 - 밤을 함께 보낼 자가 누가 될 지를 고르게 되는 거야. 오, 귀여운 것, 내가 널 바라보고 있노라면, 내 마누라가 얼마나 지긋지긋한지!

에로티움

그러면서도 그 여자 옷을 입지 않을 수는 없었나 보군요. 이건 뭐예요?

메내크무스

널 치장해주려고 내 마누라에게서 훔쳐 온 전리품이지, 예쁘기는.

에로티움

그러니까 저의 이떤 애인보다도 당신이 월등히 최고지요, 내 사랑.

페니쿨루스

창녀답게 노는구먼, 수중에 뭔가 들어올 게 있다 싶으면 애교부리기는. 진정 그 분을 사랑한다면, 퉁명스럽게 대답했어야지.

메내크무스

　　　　　　　　　옷을 벗어내기 위해 자신의 망토를 벗으면서

페니쿨루스, 이것 좀 들고 있어. 약속한 선물을 건네주어야 하니까.

페니쿨루스

이리 주세요. 하지만 잠깐 기다려요; 그런 옷을 입은 김에 춤 한 번 안 추실래요?16)

메내크무스

나더러 춤을 추라고? 자네 정신 나갔나?

페니쿨루스

우리 둘 중 한 사람이 그런 게지요, 그게 누군지는 잘 모르겠지만. 좋아요, 춤 안 추실 거면, 그걸 벗어버리세요

메내크무스

난 오늘 이걸 입수하느라 목숨을 무릅썼단 말이야. . . 헤라클레스가 히폴리타17)의 허리띠를 훔쳤을 때도 그런 모험을 했을까 몰라. 여기 있어, 내가 원하는 걸 척척 해주는 이 세상에서 단 한 명뿐인 애인에게 주는 선물이지.

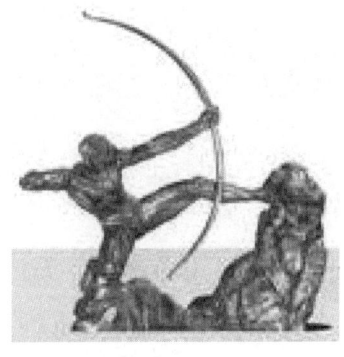

활을 당기는 헤라클레스

---

16) 아내에게서 훔친 여자 옷을 입고 있는 메내크무스는 당시에 긴 옷을 입고 외설스러운 춤을 추었던 것으로 이름났던 동방에서 온 춤꾼들(남색의 상대였던 소년들)을 연상시킨다.

17) Hippolyta: 아마존의 여왕

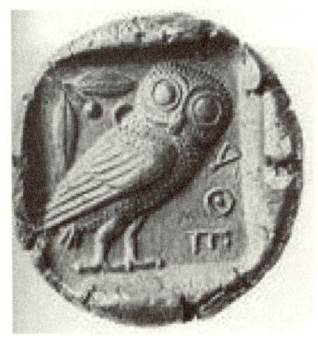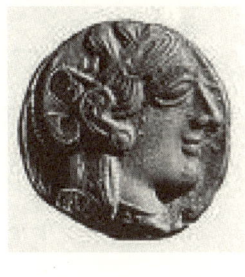

아테네 드라크마

에로티움

옷을 받으면서

서방님은 모든 진실한 연인들의 귀감이세요.

페니쿨루스

패가망신하려고 환장한 사람들의 귀감이겠지.

메내크무스

내가 마누라를 위해 일 년 전에 그걸 사둔 거야, 자그마치 400 드라크마[18])나 준거야.

페니쿨루스

내 계산대로라면, 그 400이 그대로 수포로 돌아갔구만.

메내크무스

자 그럼, 내가 뭘 해주길 바라는지 알겠지?

에로티움

알다마다요. 준비할게요.

---

18) drachma: 그리스의 화폐 단위

메내크무스

좋아. 하인들에게 우리 세 사람 먹을 점심을 준비하라고 일러둬 –
맛 좋은 것을 위해 시장에 사람을 보내고. 예를 들면, 돼지고기 신
장이라든지, 또는 훈제 햄, 또는 돼지머리. . . 그런 걸로 하라구, 미
식가 입맛을 돋게 할 맛있는 요리를 말이야. 빠르면 빠를수록 좋아.

에로티움

네, 그렇게 할게요.

메내크무스

우린 시내로 출발할건데, 오래 걸리지는 않을 거야; 요리 만들 동
안에 술이나 좀 마실까 해서.

에로티움

좋으실 때 돌아오세요. 준비해 놓을게요.

메내크무스

그렇다면 시간낭비하지 말아야지. 스펀지야, 따라오너라. . .

그는 급히 나간다.

페니쿨루스

서방님과 함께 있으면서. . . 감시를 해야지. 천국의 보물을 다 준다
해도 오늘 서방님을 내 시야에서 절대 놓치지 않을 거야.

그는 뒤따라 나간다.

에로티움

문에서

실린드루스에게 여기로 냉큼 나오라고 전해라.

그녀의 요리사, 실린드루스가 등장한다.

장바구니하고 돈도 좀 가져오너라. 여기. . . 3파운드 있어.

실린드루스

3 파운드라. . . 됐습니다, 마님.

에로티움

먹을 것 좀 사오너라; 세 사람이 충분히 먹을 수 있도록, 너무 적지
도, 너무 많지도 않게.

실린드루스

세 분이라. 어떤 분들이신데요?

에로티움

나하고 메내크무스 서방님, 그리고 그 분의 식객이야.

실린드루스

그럼 족히 10인분 정도는 되지요. 식객은 한 명이 팔인 분을 너끈
히 먹어치울 수 있으니까요.

에로티움

너에게 손님이 몇 분인지 말했잖니. 가서 네 일이나 봐.

실린드루스

잘 알겠습니다, 마님. 요리가 다 완성되었다 싶으면, 손님들을 안으
로 모시지요.

에로티움

늦지 않도록 해라.

실린드루스

순식간에 다녀오겠습니다.

　　　　　　　　　그는 시장으로 급히 간다. 에로티움은 집안으로 들어간다.

그의 형을 꼭 빼닮고, 원래는 소시클레스(앞으로는 이 이름으로 부르겠다)로
불리던, 메내크무스의 쌍둥이가 지금 바닷가에 도착하여 그의 노예 메세니오
그리고 짐을 나르는 다른 노예들과 함께 항구로부터 온다.

소시클레스

　　메세니오야, 난 바다를 항해하는 사람들이 바다에서 육지를 처음
　　볼 때보다 더 큰 즐거움을 느낄 수 없다는 생각이 드는구나.

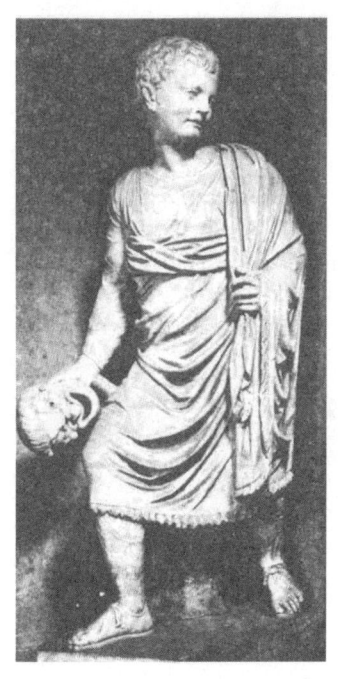

로마 희극에 등장하는 달려가는 노예를 묘사한 대리석 조각상. 한 손에 가면을 들고 있다.

메세니오

제 생각으로는, 만약 처음 본 그 곳이 자신의 고향땅이라면 그 기쁨은 더할 나위 없겠지요. 주인님, 이제 에피담누스에서 뭘 할 건지 말씀해주시겠어요? 저 바다처럼, 모든 섬들을 굽이굽이 돌아다닐 건가요?

소시클레스

난 나의 쌍둥이 형을 찾으러 온 거야.

메세니오

그렇다면 얼마나 오랫동안 그 분을 찾아 헤맬 작정이신가요? 이제 그 짓을 한지도 6년이나 되었어요. 다뉴브, 스페인, 마씰리아[19], 일리리아, 아드리아 해 전체, 그리스 식민지, 이탈리아 해안 전체 — 많이도 돌아다녔지요. 만일 거기서 찾을 거 같았으면, 오래 전에, 아니 지금쯤은 바늘이라도 찾아낼 수 있었을 거예요. 산 사람들 속에서 죽은 사람을 찾고 있는 거라구요; 만일 그 분이 살아 계신다면, 지금보다 훨씬 전에 그 분을 분명히 찾았겠지요.

소시클레스

좋아, 그렇다면, 확실한 소식을 전해줄 수 있는 사람을 찾아야겠구나, 우리 형이 죽었다는 것을 확실히 알고 있는 사람을 말이야. 만일 그렇게만 되면, 난 더 이상 찾아 헤매지 않을 거야; 하지만 거기에 못 미치면, 내가 살아 있는 한 절대 포기하지 않을 거야. 내가 형을 얼마나 사랑하는지는 나밖에는 아무도 모른단 말이야.

---

19) Massilia: 현대의 마르세유(Marseilles)

메세니오

갈대에서 옹이를 찾으시는 게 차라리 낫겠어요.. 주인님, 고향에 돌아가는 게 어때요? 우리가 여행담을 쓸 것도 아니잖아요?

소시클레스

시킨 일이나 순순히 해, 주는 거나 받아먹고, 그리고 네 품행이나 신경 써. 네가 더 이상 주제넘게 굴지 않았으면 해. 내가 네 마음에 들라고 계획을 세우는 건 아니니까.

메세니오

                                                            방백으로

거봐, 이렇다니까. 내가 하인이라는 걸 일깨워주시는 거야. 아주 간결하게도 말씀하셔요. 그렇지만, 난 잠자코 있을 수 없어... 메내크무스 주인님, 제가 지금 방금 돈주머니를 들여다보고 있었는데요, 저수지가 말라붙었다고 말씀드려야겠네요. 제 생각으로는, 만약 주인님께서 집으로 급히 돌아가시지 않으시면, 바닥나실 거예

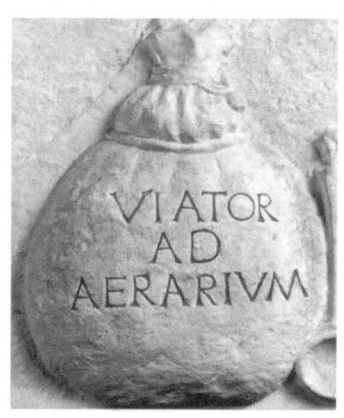

로마 국고 관리가 소지했던 돈주머니

요. 그리고 그렇게 되면... 형님을 찾는 일은... 정말이지 지긋지 긋한 일이 될 거예요. 여기에 어떤 사람들이 살고 있는지 알기나 하세요? 에피담누스에는 온갖 못된 술주정뱅이와 난봉꾼들이 있어요. 고리대금업자와 사기꾼들도 들끓는다고요. 게다가 매춘부들로 말씀드릴 것 같으면, 제가 들었는데 이 세상에서 가장 유혹적이래요. 이 곳을 에피담누스[20]라고 부르는 이유도 ─ 이 곳에 발을 디뎠다하면 누구든지 저주받은 운명에 처하게 되어서 그런 거래요.

소시클레스

난 조심할 테니까. 돈주머니나 줘.

메세니오

뭘 하시려구요?

소시클레스

네가 방금 말한 대로 나도 널 안 믿으려고.

메세니오

저를요? 뭘 걱정하시는 거예요?

소시클레스

에피담누스에서 망하는 꼴을 너에게 보여주지 않으려고. 메세니오야, 넌 여자를 너무 많이 밝혀; 그런가하면 난 너무 성마른 성격이어서; 내 행동에 대해서도 항상 책임을 질 수 있는 게 아니야. 만일 내가 이 돈주머니를 맡고 있으면, 우리 두 사람 모두를 위험에서 구하는 길이야 ─ 네가 발을 잘못 딛지 못하게 막아줄 거고, 또 내

---

20) Epidamnus: 그리스 전치사 epi는 '-로, -를 향하여'의 뜻이고, 라틴어 damnum은 '상실'의 뜻을 지닌다.

가 너에게 화를 낼 일도 없도록 구해줄 테니까.

메세니오

받으세요, 그래도 괜찮아요. 잃어버리지 않도록 조심하시고요.

> 실린드루스가 반찬거리를 사 가지고 시장에서 돌아온다.

실린드루스

오늘 장 참 잘 봤다. . . 내가 원했던 걸 샀단 말이야. 잔치에 대접할 멋진 음식을 만들어야지. . . 이봐요, 여기 메내크무스 서방님이 계시네! 맙소사, 꾸지람 듣겠는 걸. . . 내가 반찬거리를 사 가지고 도착하기도 전에 손님들이 문 밖에서 기다리시다니. . . 서방님께 가서 말씀드리는 편이 낫겠어. . . 서방님, 안녕하세요.

소시클레스

도대체 댁은 뉘신지?

실린드루스

제가 누구냐구요? 아니, 절 모르신단 말이에요?

소시클레스

맹세코 모르오.

실린드루스

> 씩 웃으면서 이를 얼렁뚱땅 넘기면서

동행하실 손님도 함께 오셨나요?

소시클레스

무슨 동행-손님?

실린드루스

서방님의 식객이요

소시클레스

내 식객?

실린드루스

방백으로

저 양반 확실히 머리가 돌으셨구만.

메세니오

그러게 제가 이 곳에는 사기꾼들이 들끓는다고 말씀드리지 않았어요?

소시클레스

젊은이, 댁이 기대하고 있는 나의 식객이란 누구요?

실린드루스

나리의. . . 스펀지요.

메세니오

스펀지라고? 여기 여행가방 속에 그게 있는데.

실린드루스

점심식사 시간보다 조금 일찍 도착하신 거 같네요. 전 지금 막 시장에 다녀오는 길이에요.

소시클레스

친절하게, 자신이 미친 사람을 다룬다고 생각하면서

이봐요, 젊은이, 여기선 돼지 한 마리 가격이 얼마인지 말해주겠소 — 제사용으로 쓰기에 딱 좋은 확실한 녀석으로 말이야?

실린드루스

대략. . . 2 드라크마하지요.

소시클레스

자 여기 그 돈이 있으니. . . 가서 제물을 바치고 죄사함이나 받으시우, 내 돈으로. 댁이 뉘든지 간에, 미친 사람임에 틀림없구만, 이렇게 생판 낯선 사람에게 와서 귀찮게 구는 것을 보니.

실린드루스

어머나! 전 실린드루스예요. 분명 서방님께서는 제 이름으로 절 아시잖아요?

소시클레스

댁이 실린드루스이건, 또는 코리엔드루스이건, 아니면 댁이 좋을 대로 뭐가 되었든 간에, 지옥으로 꺼져 버리시우. 난 댁을 모를 뿐더러, 알고 싶지도 않으니까.

실린드루스

설마, 전 서방님을 알아요; 서방님의 이름은 메내크무스이지요.

소시클레스

지금은 말짱한 사람처럼 말하는구려. 하지만 댁이 어디서 날 만났다는 거요? 그건 내 이름이오.

실린드루스

어디서 서방님을 만났냐구요? 서방님께서는 저의 집 주인아씨이신 에로티움의 애인이 아니세요?

소시클레스

난 분명히 그런 사람이 아니거니와, 댁이 누군지 조금도 모르오.

실린드루스

저희 집에서 잔치가 열릴 때마다 그 많은 세월동안 서방님께 술시중을 들었는데도, 제가 누군지 모르신다구요?

메세니오

맙소사! 내가 이 작자의 머리를 박살낼 수 있는 걸 왜 진작 갖고 다니지 않았던고?

소시클레스

내가 오늘까지 에피담누스를 본 적도 없고 여기에 발도 디뎌놓은 적이 없는데, 댁이 나에게 어떻게 술대접을 했단 말이오?

실린드루스

그런 적이 없으시다구요?

소시클레스

맹세코 그런 적이 없다니까.

실린드루스

서방님께서는 저기에 있는 저 집의 주인이 아니신가요?

소시클레스

저기 저 집의 주인에게 신의 저주나 내려져라!

실린드루스

방백으로

정신이 나간 건 저 양반이구만, 저렇게 자기 자신에게 저주를 퍼붓다니. . . 죄송합니다만, 메내크무스 서방님 −

소시클레스

또 뭐요?

실린드루스

서방님께서 저의 충고를 원하신다면, 제 생각에는 방금 제게 주셨던 2 드라크마를 서방님께서 갖고 계셔야 될 것 같아요. . . 정신이 틀림없이 돈 사람은 바로 서방님이세요 서방님의 머리 위에 저주를 내려달라고 빌고 계시니. . . 서방님 자신을 위해서 돼지 한 마리를 사는 것이 제일 좋겠어요. . .

메세니오

모든 신들의 이름에 걸고, 이 녀석은 도저히 참을 수가 없네요. 넌 더리가 나고 지긋지긋 해요.

실린드루스

관객에게 쾌활하게 수다를 떨면서

이게 바로 저 양반 방식이라니까요; 이런 식으로 가끔 저를 놀리시지요. 부인만 안 계셨다하면 – 저렇게 항상 기분이 좋으시다니까요. . . 저, 메내크무스 서방님. . . 서방님!

소시클레스

뭐야?

실린드루스

이 정도면 세 분이서 넉넉히 드실만한 음식을 산 걸까요 – 아니면 서방님하고 아씨하고 그리고 나리의 식객을 위해서 조금 더 사야할까요?

소시클레스

아씨는 뭐고, 또 식객은 뭔 소리야?

메세니오

이봐, 무슨 악마에게 씌웠길래 우리 주인님을 이렇게 괴롭히는 거야?

실린드루스

난 댁한테 관심 없소. 난 댁을 몰라요. 난 이 양반께 말씀드리는 거요. 난 이 양반을 알거든요.

메세니오

난 네가 허튼 소리를 하는 미치광이라는 걸 알고 있거든, 그리고 그건 사실이고.

실린드루스

어쨌든, 난 가서 이걸로 요리해야 해요. 오래 걸리지는 않을 거예요, 그러니 멀리 가지 마세요 서방님, 그럼 이만 실례합니다 –

소시클레스

가서 교수형에 처하도록 허락해 주겠네.

실린드루스

그런데요 서방님께서도 안에 들어가셔서. . . 기대 누워 계시는 게 나을 거예요,[21] 그동안 저는 이 반찬거리에다 불카누스[22]의 권능을 부려볼 테니까요. 제가 들어가서, 에로티움 아씨께 서방님이 밖에서 서 계신다고 알려드릴게요. . . 그러면 아씨는 나리를 들어오시라고 하실 게고. . . 그러면 서방님께서는 문 밖에서 어슬렁거리실 필요가 없지요. . .

그는 집안으로 들어간다.

소시클레스

드디어 그 녀석 샀냐! 갔구나. 맹세코, 메세니오야, 난 네가 너무나도 참말만을 해주었다는 생각이 드는구나.

메세니오

주인님, 앞으로도 조심하셔야 됩니다. 그 미친 녀석이 말한 것으로 미루어, 이 집은 어떤 매춘부의 집임에 틀림없습니다.

---

21) 식사할 때 기대 눕는 것은 그리스 관습이었으며 로마인들이 이것을 받아들인 것이다.

22) Vulcan: (로마 신화) 불과 대장일의 신.

소시클레스

하지만 그 자가 나의 이름을 알고 있다는 것이 얼마나 신기한지!

메세니오

딱하시기도 해라, 전혀, 아무것도 이상할 게 없다니까요. 그게 그런 여자들의 수법이라니까요; 그런 여자들은 하인 꼬마치들을 항구에 보내서, 만일 외국배가 하나 들어오면, 그 배가 어디서 왔는지, 배 주인의 이름은 무엇인지 등등 모든 걸 알아낸다니까요; 그런 다음 착 달라붙어서, 절대 시야에서 놓치지 않는다구요. 일단 손님을 낚아챘다 싶으면 완전히 벗겨 먹는다니까요. 그리고 만일 제가 잘못 생각한 게 아니라면, 바로 이 순간 여기 이 항구에 해적선이 있다는 말씀이에요.23)

에로티움의 집을 가리키면서

저 배를 피하는 것이 좋겠어요.

소시클레스

회의적으로

그것 참 좋은 충고임에 틀림없겠구나.

메세니오

주인님께서 정말 조심하시는 걸 제가 직접 보아야만 그게 참 좋은 충고였구나 하는 생각이 들 거예요.

소시클레스

이제 그만 말하거라, 문 열리는 소리가 들리는구나. 누가 나오는지 보자꾸나.

그는 모퉁이에 숨는다.

---

23) 여기서 항구는 에로티움의 집을 나타내며, 에로티움은 해적선에 비유된다.

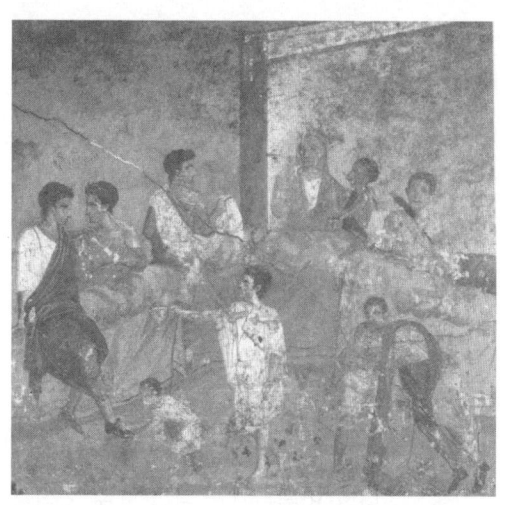

부유한 로마인들이 쉬고 있는 모습. 한편에서는 노예들이 음식과 술을 시중들고 또 한편에서는 노예들이 무릎을 꿇은 채로 방금 도착한 손님의 샌들을 벗겨주고 있다. (1세기 폼페이 프레스코 벽화)

메세니오

그동안 이것 좀 풀어놓아야지.

그는 가방을 들고 있다.

이봐, 선원들, 이것 좀 잘 보고 있으라구.

그는 소시클레스와 합류한다.

에로티움이 문에서 등장한다, 안에 있는 누군가에게 말을 한다.

에로티움

아니다, 문 닫지 말거라; 그냥 그대로 나둬. 만반의 준비가 되었는지 살펴보고; 필요한 게 모두 있는지 확인하고 침상을 펴고 향료를 태우거라; 양반님들은 멋지고 편안한 걸 좋아하시거든. 그 양반들이 편안하면 편안할수록, 돈주머니는 털릴 것이고, 그러면 우리들에게는 더욱 좋은 일이지! . . . 요리사 말이 내 애인이 여기 밖에서 기다린다고 했는데; 도대체 어디 계신 거야?. . .

소시클레스를 발견하고는

아, 저기 계시네. 내게 가장 소중하고 도움을 주시는 동지여! 아무렴 저분은 여기서 받아 마땅한 접대를 받으셔야지; 이 집에서 정말 편히 느끼시게 해야 돼. . . 가까이 가서 먼저 말씀 걸어야지. . . 서방님! 서방님을 위해 문을 활짝 열어놓고 있는데, 도대체 왜 길거리에 서 계시는 거예요? 이 집이 서방님 댁보다 더 편안하신 줄 아시면서. 분부 내리신 대로, 마음에 쏙 늘게 만반의 준비를 해놓있던 말이에요; 기다리실 것 없어요 원하시는 대로 점심식사가 준비되었다니까요; 원하신다면 언제든지 식사하실 수 있어요

소시클레스

저 여자가 도대체 누구한테 말하는 거야?

에로티움

물론 서방님께 말씀드리고 있는 거지요

소시클레스

더 잘 보이도록 나오면서

당신이 나랑 지금까지, 아니 과거에 무슨 관계가 있었단 말이오?

에로티움

비너스 여신의 의지대로 제가 다른 모든 남정네들 가운데서도 가장 존경하고 숭배하는 분이 서방님이 아니시던가요? 서방님은 마땅히 그럴만한 가치가 있으신 분이시니까요. 제가 이렇게 행운을 누리는 것도 오로지 서방님 한 분만의, 그 너그러운 손길 덕분이지요.

54

소시클레스

저 여자는 실성하였거나 아니면 술에 취한 게로구나, 메세니오야,
난 저 여자를 예전에 한 번도 만난 적도 없어, 헌데 저 여자는 내가
자기의 가장 사랑하는 친구나 되는 것처럼 나를 반기는구나.

메세니오

그러게 제가 뭐라고 그랬어요? 이게 이 곳의 방식이라니까요. 이건
나뭇잎이 우수수 떨어지는 격에 불과해요; 여기서 사흘만 머무르시
다간 나무들이 뿌리 채 뽑혀 주인님 머리 위로 떨어질 테니까요.
저 여자는 여기 있는 다른 매춘부들과 똑같은 여자예요. 감언이설
로 주인님을 꾀어서 돈을 터는데 전문가죠. 저 여자하고 말 좀 해
볼게요 . . 이봐요, 아가씨, 내 말 좀 들어봐요.

에로티움

뭐라고 말씀하셨는지요?

메세니오

전에 어디서 댁이 이 분을 보았다는 거요?

에보티움

저 양반이 가끔씩 저를 보셨던 똑같은 장소, 여기, 에피담누스에서
이지요.

메세니오

여기 에피담누스라고요? 오늘에야 처음으로 이 곳에 발을 내디딘
양반을?

에로티움

흥! 아주 웃기시네!. . . 메내크무스 서방님, 안으로 안 들어오실 건
가요? 안에 드시면 훨씬 편안하실 텐데요.

소시클레스

저 여자가 내 이름을 정확히 부르지 않으면 좋으련만! 이게 도대체 어떻게 된 일인지 그걸 알면 내 목을 베라지.

메세니오

그건 저 여자가 주인님이 갖고 계시는 돈주머니를 눈치챘다는 뜻 이에요.

소시클레스

그래, 정말, 넌 참 생각이 깊구나. 엤다, 네가 이걸 가지고 있어라. 저 여자가 좋아하는 게 나인지 아니면 내 돈주머니인지 내가 곧 알 아낼 테니.

에로티움

자, 어서요. 식사하러 들어오세요.

소시클레스

참 친절하기도 하구려, 하지만. . . 제발 미안하지만.

에로티움

그렇다면 왜 점심식사를 준비하라고 제게 부탁하신 거예요, 한 시 간도 안 되었잖아요?

소시클레스

내가? 점심을 차리라고 당신께 부탁했다고?

에로티움

그럼요 그러셨잖아요; 서방님과 서방님의 식객 식사를요

소시클레스

제기랄, 뭔 식객? . . . 이 여잔 틀림없이 미친 거로구만.

에로티움

서방님 친구 스펀지 말이에요

소시클레스

스펀지? 내가 신발 닦는 그거 말하는 거요?

에로티움

어머 아시면서, 서방님이 부인한테서 훔쳐온 옷을 제게 가져다 주
셨을 때 – 방금 서방님과 함께 있었던 그 사람 말이에요

소시클레스

이게 전부 무슨 소리야? 내가 당신한테 옷을 주었다고? – 그것도
내 마누라한테 훔친 옷을? 당신 제 정신이오? . . . 이 여자는 말처
럼, 서있는 채로 꿈을 꾸고 있는 게 틀림없어.

에로티움

왜 서방님은 제가 말하는 사사건건 조롱하시고, 서방님이 하신 걸
전부 부인하시는 거예요?

소시클레스

내가 뭘 하기로 되어있다는 건지 그리고 내가 뭘 부인하고 있나는
건지 부디 말 좀 해보시오.

에로티움

서방님께서는 바로 오늘 아침, 서방님 부인의 옷을 제게 주셨던 일
을 부인하시잖아요.

소시클레스

그런데 난 여전히 그 얘길 부정해야겠소 더욱이, 난 마누라가 없을
뿐더러 한 번도 마누라를 얻어 본 적도 없소 그리고 내 평생 이 도
시의 문 안에는 발을 들여놓은 적이 단 한 번도 없었단 말이오 난

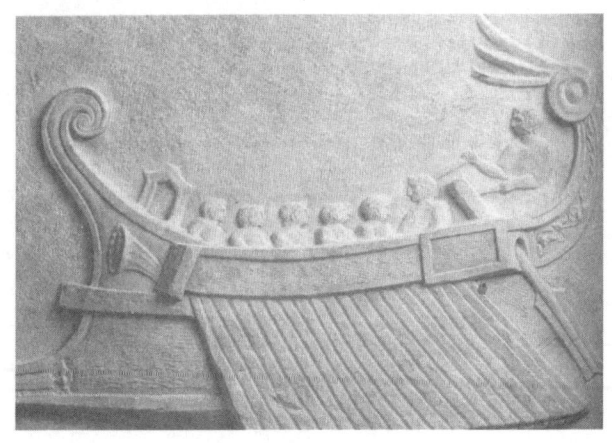

기원전 1세기 로마의 3단 노의 갤리선

내가 타고 온 배에서 이미 점심식사를 마쳤고, 그런 다음에 상륙해
서는 여기서 당신을 만난 거라오.

에로티움

　　　　　　　　이제 그가 실성한 것임에 틀림없다고 생각하면서

오, 생각 좀 해보세요! 어머나, 이건 끔찍해요. . . 배라니 무슨 말씀
이세요?

소시클레스

　　　　　　　　　　　변덕스럽게 설명하면서

그러니까, 그건 나무로 만든 물건인데. . . 못질을 하고 망치로 두드
려서 여기저기 두들겨댄 데가 워낙 많지요. . . 모피 가공업자의 건
조 틀처럼 볼트와 못 투성이지요.

에로티움

자 제발, 농담 그만하시고 저랑 함께 들어가시지요.

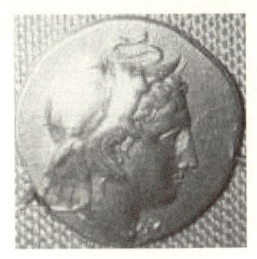

아가소클레스 왕

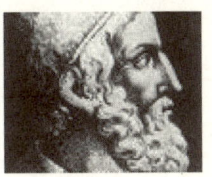

히에로 왕

소시클레스

착한 아가씨, 당신이 찾고 있는 사람은 내가 아니라, 다른 사람이
오.

에로티움

어쩜 제가 서방님을 속속들이 잘 모르는 것처럼 그러시네! 서방님
은 모스쿠스의 아들, 메내크무스이시지요; 그 누구의 말을 들어봐
도, 시칠리아 태생이시고요. 맨 처음 아가소클레스 왕이 통치했고,
그 다음에는 핀티아스 왕이, 그 다음에는 리파로 왕, 그리고 그 분
이 돌아가신 후에는 현재의 왕이신 히에로가 다스리는 시칠리아
말이에요.[24]

---

24) 여기서 언급하는 세부적인 내용은 역사적으로 부정확하다. Agathocles: 시라큐스
의 참주로서 통치하다가 317-289 B.C.에 왕이 되었다. 메난더의 극들이 321-292
B.C.이었던 점을 감안한다면 그의 통치 기간은 아테네 신희극이 융성하던 때와
일치한다. Phintias: 280 B.C. 경에 아크라가스(Acragas)의 참주였다. Liparo: 상상의
왕이다. 플라우투스가 고안해낸 것으로 여겨진다. Hiero: 히에로 2세는 시라큐스
의 영향력 있는 장군이었으며 255 B.C.에 왕이 되었고 215 B.C.에 서거하였다. 그
러므로 에로티움이 그를 에피담누스의 '현재의 왕'으로 언급한 것은 연대상 그리
스 신희극 원전에는 맞지 않는다.

소시클레스

　아가씨, 그건 전부 완벽하게 맞는데.

메세니오

　저런! 이 여자가 그 곳 출신이라고 생각하시는 거죠? 주인님에 관해서 전부 알고 있는 것 같아요

소시클레스

　맹세코, 저 아가씨의 초대를 계속 거절할 수가 없을 것 같구나.

메세니오

　주인님이 하시려는 일을 조심하세요. 주인님께서 그 문턱을 넘으시는 날엔 끝장이시니까요

소시클레스

　입 닥치거라. 이 일은 다 잘 될 거다. 이 여자가 말하는 것마다 장단을 맞출 거야, 약소하나마 환대해 준 데 대한 답례로 말이야. . .

　　　　　　　　그는 에로티움에게 몸을 돌린다, 속내를 털어놓듯이

　이봐요, 아가씨, 내가 방금 전엔 당신 말을 반박했던 건 이유가 있었소. 난 여기 있는 내 하인이 내 마누라한테 옷이며 우리의 점심잔치에 대해 고자질할까봐 겁났던 거요. 당신 원하는 대로 언제든지 들어갈 준비가 되어 있소

에로티움

　당신 친구 분을 기다리실 건가요?

소시클레스

　아니오; 그 자는 뒈져버리라지; 그리고 만일 오더라도, 이 집에 들여놓는 걸 원치 않소

에로티움

제 마음도 꼭 그런 걸요! 하지만, 서방님 그것말고도 저를 위해 해 주셨으면 하는 일이 있어요.

소시클레스

뭐든지 말만 하라구.

에로티움

제게 주셨던 그 옷 말인데요 – 그걸 양재사에게 가지고 가서서 제가 덧붙였으면 하고 원하는 대로 더 좋게 수선해달라고 해 주실래요?

소시클레스

그렇게 하고말고. 그거 좋은 생각인데; 그렇게 하면 그 옷이 달라 보일 테니까, 내 마누라가 거리에서 당신이 그걸 입고 있는 걸 보더라도 그 옷을 못 알아 볼 거야.

에로티움

그럼 가실 때 그 옷을 가져가세요.

소시클레스

그렇게 하지.

에로티움

자, 들어오셔요.

소시클레스

곧바로 들어가겠소 우선 내 하인하고 말 좀 해야겠소

에로티움 들어간다.

메세니오야! 이리 와라.

메세니오

　도대체 어떻게 하시려고요? 지금 뭘 하고 계신지 생각 좀 해보시라
　고요.

소시클레스

　내가 뭐 때문에 꼭 그래야 해?

메세니오

　왜냐하면 –

소시클레스

　좋아, 알았어; 말할 필요 없다니까.

메세니오

　그러시다면, 더 어리석으신 거예요.

소시클레스

　난 나포선을 포획한 거야; 여태까지는 그런 대로 잘 나가고 있어.
　썩 물러가서 이 사람들 묵을 숙소나 빨리 찾아봐. 그런 다음 해지
　기 전에 돌아와서 여기서 날 만나자.

메세니오

　주인님께서는 어떤 책임을 짊어지게 될지를 모르고 계신 거예요,
　주인님 – 저런 여자들이란. . .

소시클레스

　자, 그만했으면 충분해. 만일 내가 웃음거리가 된다면, 그건 내 책
　임이지 너의 책임은 아니니까. 이 여자는 바보야, 무지한 바보지;
　지금까지로 미루어 보건데, 여기에 우리를 기다리는 전리품이 있을
　거야.

　　　　　　　　　　　　　　　　　　그는 집안으로 들어간다.

메세니오

안돼요, 설마 그 곳에 들어가시려는 것은 아니겠죠? . . . 오, 제기
랄, 망할 것 같으니라구, 저 양반 이제 끝장나시겠구먼. 저 해적선
이 우리 작은 배를 파멸시키려고 밧줄로 잡아 끌어당기는구나. 어
쨌건, 내가 주인님을 조정할 수 있다고 기대했으니, 내가 바보지;
그 분이 날 사신 것은 날 명령에 복종시키기 위해서이지, 나보고
명령을 내리라고 사신 것은 아닌데 말이야. . .

그는 하인들 쪽으로 몸을 돌린다.

이봐, 여러분; 떠나자구, 주인님이 말씀하신 시간에 여기 돌아올 수
있어야 되니까.

그는 짐을 가지고 그들을 데리고 나간다.

한 두 시간 후, 페니쿨루스가 읍내에서 돌아온다.

페니쿨루스

이런, 이거야말로 내가 삼십 평생 넘도록 했던 일 중에 가장 멍청
하고 치명적인 일이었어 – 거기 가서 그 공중 집회[25] 틈에 휩싸이
다니, 내가 바보지. 내가 거기서 입을 떡 벌리고 멍하니 바라보고

---

25) 에피담누스에 어떤 종류의 집회가 있었는지는 불명확하다. 로마의 공공집회에서
는 시민들이 중요한 정치적, 법적 문제에 관한 토론에서 단지 청중에 불과했지
토론에 직접 참여하지는 않았다. 반면 아테네 민주주의 하에서는 집회에 모인 사
람들 사이에서 그러한 토론이 이루어졌다.

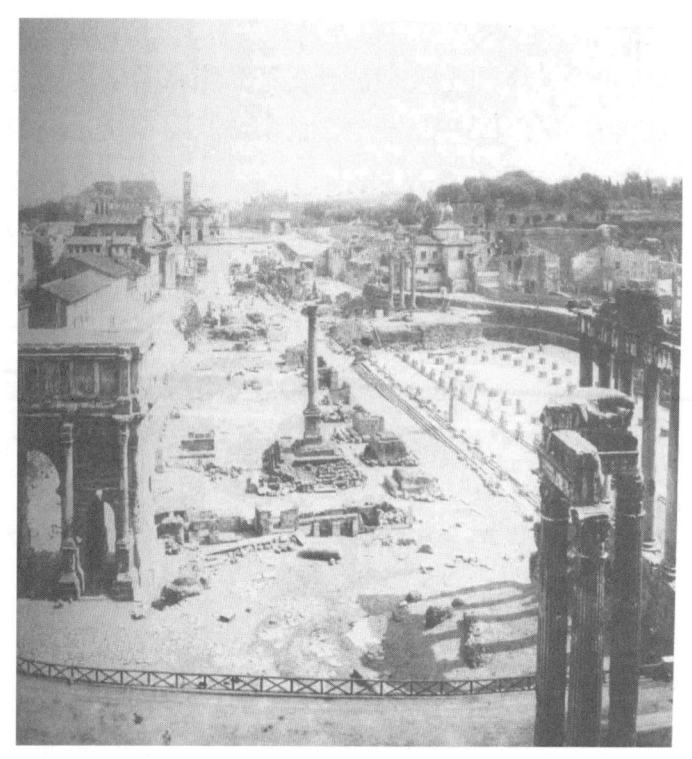
카피폴리누스 언덕에서 내려다 본 로마 광장

서 있는 동안, 메내크무스는 슬그머니 빠져나가 자기 정부에게 가
버린 것이 틀림없어 — 물론, 나를 데려가고 싶지 않아서였겠지. 맨
처음에 공공집회라는 것을 발명한 인간은 빌어먹을 인간이야, 허비
할 시간 없이 바쁜 사람들의 시간을 허비하도록 만드는 고안이라
니까, 그런 종류의 일에는 게을러빠진 인간들의 무리를 반드시 등
록하도록 해서는, 그런 인간들 누구라도 호명되면 대답하도록 하

고, 그렇지 않으면 현장에서 즉각 벌금을 내도록 해야 된단 말이야. 아무튼 하루에 한 끼 식사 먹는 거 외에 아무 것도 할 일이 없는 인간들도 많이 있어 — 그런 인간들은 외식에 초대받지도 못하고, 친구들을 초대하지도 않는단 말이야, 그런 사람들이 집회와 위원회에서 시간을 잘도 보낼 텐데 말이야. 일이 그런 식으로만 되었더라도, 내가 오늘 점심을 놓치지는 않았을 텐데; 그 양반이 나한테 식사를 꼭 대접할 셈이었던 게 틀림없었는데 말이야, 그건 확실했었다니까. 어쨌든 난 들어가 봐야지; 언제나 먹다 남은 음식 찌꺼기에 마음이 끌려 기대가 된단 말이야. . .

문이 열리자 소시클레스가 옷을 들고 머리 위에 멋지게 비스듬히 화환을 쓴 채로 막 나오려던 참이다.

헌데 이게 누구야? 메내크무스가 머리 위에 화환을 쓰고[26] 나오고 있네. 그렇다면, 점심상을 깨끗이 치운 거로구만. 그리고 난 저 양반을 집에 모시고 갈 때에 잘도 맞춰 온 거구. 저 양반이 뭘 하려고 하는지 먼저 보아아겠어, 그런 다음 가서 말을 걸어봐야지.

소시클레스가 안에 있는 에로티움에게 대답하고 있다.

소시클레스

이제 들어가서 푹 자요, 착하기도 하지. 내가 오늘 몇 시간만 있으면 이걸 전부 멋지게 세탁하고 수선해서 당신한테 다시 갖다 줄 테니까. 정말 옷이 너무나 달라 보여서 똑같은 옷인지 몰라볼 거야.

---

26) 식사가 끝날 무렵에 화환을 썼기 때문에, 머리에 화환을 쓰고 있다는 것은 식사를 마쳤다는 것을 나타낸다.

페니쿨루스

이런, 젠장, 저 양반 양재사에게 저 옷을 가지고 가다니! 점심을 몽
땅 먹어 치우고 술이란 술을 다 마시고 말이야, 그런데 자기 식객
은 밖에다 내내 남겨 두고서! 난 이런 취급받은 데 대해 반드시 보
복할거야, 그렇지 않으면 난 남자라고 할 수가 없지. 이봐요, 기다
려요, 젊은 양반.

소시클레스

나오면서

오 천지신명이시여, 당신의 하사품을 기대하지도 않았는데, 세상에
어느 누가 하루만에 이보다 더 많이 받을 수 있겠습니까? 점심에
다, 술이며, 여자에다, 그리고. . . 이런 포상까지, 이 옷의 원래 주
인은 이걸 다시는 못 보게 될 걸.

페니쿨루스

여기서는 무슨 말을 하고 있는 건지 잘 알아먹지 못하겠네. 이제
배도 잔뜩 부르겠다, 날 골려먹은 수작에 관해 말하는 건가?

소시클레스

그 여잔 내가 이걸 마누라한테서 훔쳐서 자기에게 갖다 주었다고
말하네! 난 뭔가 실수가 있다는 걸 알았지만, 마치 우리가 잘 아는
사이인 것처럼 곧바로 그 여자가 하는 말에 동의했지; 그 여자가
뭘 말하든, 난 동의해주었단 말이야. 한 마디로 말해서. . . 난 이렇
게 돈 안들이고 재미 본 적이 결코 없었다니까.

페니쿨루스

저 자에게 말을 걸어봐야지. 싸움질하고 싶어 죽겠는걸.

소시클레스

헌데 내 쪽으로 오는 사람은 누구지?

페니쿨루스

혼자 뭐라고 중얼거리는 거야, 이 치사하고, 허영심 많고, 변덕스러운 데다가, 경솔하고, 거짓말투성이의, 믿지 못할, 부정직하고, 신의 없는 인간아? 도대체 내가 뭘 했다고 이런 더러운 취급을 받아야 하느냐구요? 날 읍내에서 따돌린 게 채 한 시간도 안 되었는데, 날 빼놓고 점심을 먹어치우고는 골칫거리를 아예 파묻는 일에 혼자만 쏙 가버린 걸 내가 다 알고 있다고요. 어떻게 감히 그럴 수가 있어요? 나라고 근심걱정 파묻지 말라는 법 있냔 말이에요?

소시클레스

난 당신이 무슨 일로 날 다그치는지 모르겠소, 이봐요, 당신은 날 모르고 나도 당신을 전에 한 번도 본 적이 없는데 말이오. 당신이 무례하게 굴어서 받아 마땅한 벌을 받길 원치 않는다면야.

페니쿨루스

천만에, 이미 나한테 충분히 벌을 안 준 것처럼 굴기는!

소시클레스

어쨌든 당신의 이름이나 말해주려?

페니쿨루스

내 이름을 모르는 척 하는 것이 고작 생각해 낸 농담이에요?

소시클레스

맹세코, 난 내가 아는 한에서는 지금 이 순간까지 당신을 본 적도 없고 만난 적도 없소. 댁이 누구든, 날 더 이상 괴롭히지 않으면 감사하겠다는 말 밖에 할 말이 없소

페니쿨루스

　이봐요, 메내크무스 서방님; 정신 차리세요.

소시클레스

　고맙지만, 난 정신이 말짱하오.

페니쿨루스

　날 모른다는 말이 정말이에요?

소시클레스

　만일 내가 알면, 부정하질 않았지.

페니쿨루스

　서방님이 절 모른다고요 – 서방님 식객을요?

소시클레스

　내겐 명백한 사실이오, 당신의 머리가 돌은 거요

페니쿨루스

　말 좀 해보세요, 오늘 서방님이 그 옷을 부인한테서 훔쳐서, 그걸 에로티움에게 주지 않았어요?

소시클레스

　젠장, 난 마누라도 없고, 옷을 훔친 적도 없고, 그걸 에로티움에게 갖다 준 적도 없단 말이오

페니쿨루스

　서방님 미치셨어요? 오 맙소사, 끝장났구만. 오늘 아침에 서방님이 그 옷을 입고서 집을 나오는 것을 제가 보지 않았냐구요?

소시클레스

　빌어먹을, 우리가 당신처럼 계집애 같은 사내 무희인 줄 아시우? 내가 여자 옷을 입고 있는 것을 보았다 이 말이오?

페니쿨루스

　정말로, 그랬다니까요.

소시클레스

　어허 당신 갈 곳에나. . . 가라구. 아니면 가서 정신병자라는 진단이
나 받아보든지, 미치광이야.

페니쿨루스

　이제 결말이 난 거예요 서방님 부인께 가서 지금까지 있었던 일을
모두 말해버릴 테니까요, 이제 아무도 날 말릴 수 없어요. 서방님의
이런 오만한 취급이 서방님 머리 위로 되돌아오는 걸 알게 될 거예
요. 난 서방님이 점심을 혼자 먹어 치운 것에 대해 대가를 치르도
록 만들 거예요, 두고 보라구요, 제가 안 그러나.

그는 메내크무스 집으로 간다.

소시클레스

　이게 다 뭔 소리야? 보는 사람마다 날 속여먹으려고 작정한 것 같
으니. . . 누가 오는 소리가 나네.

에로티움의 집에서 하녀 한 명이 나온다.

하녀

　저, 메내크무스 나리, 나리께서 이 팔찌를 보석상에게 갖고 가셔서
여기에다 금 한 온스만 보태서 모양을 고치도록 해주실 수 있으신
지 아씨께서 여쭙십니다.

소시클레스

　기꺼이 하다마다; 그것뿐만 아니라 부탁하는 일은 뭐든지 해주겠다
고 여쭈어라 ─ 뭐든지.

하녀

물론 나리께서는 이 팔찌를 아시지요?

소시클레스

그게 금팔찌라는 것말고는, 아무 것도 모르는데.

하녀

얼마 전에 나리의 부인께서 안보는 사이에 금고에서 훔치신 거라고 말씀하셨던 그 팔찌잖아요.

소시클레스

난 정말 그런 적 없는데.

하녀

맙소사, 못 알아보시겠어요? 그렇다면, 그 팔찌 저에게 다시 주시는 게 낫겠어요.

소시클레스

아니다, 잠깐 기다리려무나. 그래, 그렇지 이제야 생각이 나네: 그래, 그건 내가 네 아씨께 주었던 거네. 이건 확실히 그거야. 그런데 내가 그때 이거하고 같이 주었던 팔 장식은 어디 있느냐?

하녀

팔 장식은 주신 적이 없는데요.

소시클레스

그런 적이 없다구? 그래, 네 말이 맞다. 내가 이것만 주었지.

하녀

나리께서 잘 간수하실 거라고 아뢸까요?

소시클레스

그러고 말고, 내가 잘 간수할 거라고 말씀드리렴. 내가 옷이랑 팔찌를 같이 돌려준다고 그래라.

하녀

만일 저한테도 뭘 해주실 거면, 금 이 파운드 정도로 된 귀걸이를 사다주세요 – 그러니까, 늘어뜨린 장식이 있는 걸로요 – 그럼 다음에 저의 집에 오실 때 제가 나리를 반갑게 맞이하지 않겠어요?

소시클레스

나에게 금을 준다면 – 기꺼이 하고말고, 수공비는 내가 낼게.

하녀

어머 – 전 나리께서 금도 대주시려니 생각했는데. 제가 나중에 갚아드릴게요.

소시클레스

아니야, 네가 금을 주면, 내가 나중에 갚으마 – 이자까지 붙여서 말이야.

하녀

하지만 금이라고는 가진 게 하나도 없어서요.

소시클레스

그렇다면 금이 생기면 주어야 한다.

하녀

그렇다면 – 다녀올게요.

소시클레스

내가 이 물건들을 잘 간수하겠다고 말씀드려라. . .

하녀 들어간다.

그리고 이것들이 팔리는 가격에 가능한 한 빨리 팔아치울 거라고! 가버렸나? 오 그렇구나, 문이 닫혔구나. . . 모든 신들이 날 어지간

히 사랑하시고, 도와주시고, 승승장구하게 만드시네! 하지만 난 여
기서 멈추어선 안 돼. 내가 할 수 있을 때 이 악의 동굴에서 빠져나
가야 해. 메내크무스야, 서두르자! 뒤로 돌아, 속보로. 난 이 화환도
벗는 게 낫겠어. . . 이쪽에다. . . 이걸 벗어 던져야지. . . 만일 누군
가가 나를 쫓아온다면 내가 이쪽 방향으로 갔다고 생각하도록 말
이야. 이제 가서, 할 수만 있다면, 내 하인을 찾아야지, 그런 다음에
얼마나 신들의 가호가 내게 있었는지를 말해줘야지.

                                그는 시내 쪽으로 가버린다.
                페니쿨루스와 메내크무스의 아내가 옆집으로부터 나온다.
아내
내가 이런 결혼생활을 얼마나 더 오래 참기를 기대하는 건지, 알고
싶구나, 남편이라는 자가 내 걸 전부 몰래 훔쳐다가 자기 정부에게
선물로 갖다 주는 판에 말이야?

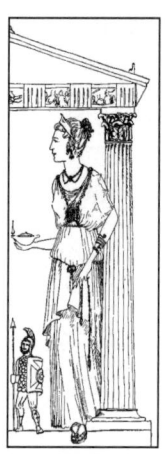

로마 여인

페니쿨루스

이제 그만 하세요. 정말이지, 이제 서방님을 현장에서 붙잡으실 텐데요. 이쪽으로 오세요. 서방님이 술에 취해서는 머리에다 화환을 쓰고, 마님한테서 훔친 옷을 양재사에게 가지고 가는 걸 제가 방금 보았거든요 . . 보세요, 여기에 서방님이 쓰고 있던 바로 그 화환이 있어요 . . 자 이제 절 믿으시겠죠? 그렇다면 서방님은 이쪽으로 가신 게 틀림없어요, 그러니까 원하시면 서방님 흔적을 따라가셔도 돼요.

　　　　　　　　소시클레스가 갔던 방향과 반대방향을 바라보면서

아이쿠, 여기 서방님이 돌아오시네요 . . 잘 됐어요! 그런데 옷은 안 갖고 계시네요.

아내

어떻게 대해야될까?

페니쿨루스

평상시와 똑같이요; 호되게 꾸짖으세요. 저라면 그렇게 했을 거예요. 이리로 오셔서 숨어서 가만히 뒤를 밟아보세요.

　　　　　　　　그들은 골목길로 물러선다. 메내크무스가 거리를 따라온다.

메내크무스

이런 천치 같고 다시없이 지겨운 관습에 얽매이다니 우린 얼마나 머저리들인지! 하지만 아직 그 꼬라지인 걸, 중요한 사람일수록, 관습에 더 매달린단 말이야. 귀족이라면 예속평민27)을 많이 거느리

---

27) clients: (고대 로마에서 귀족의 보호 하에 있던) 예속 평민. 귀족 후원자와 예속 평민과의 관계는 로마법의 원전인 12표법(Twelve Tables)에서 이미 인가된 것이다. 예속 평민은 지위가 낮은 사람들로서 보다 큰 영향력이나 정치권력을 지닌

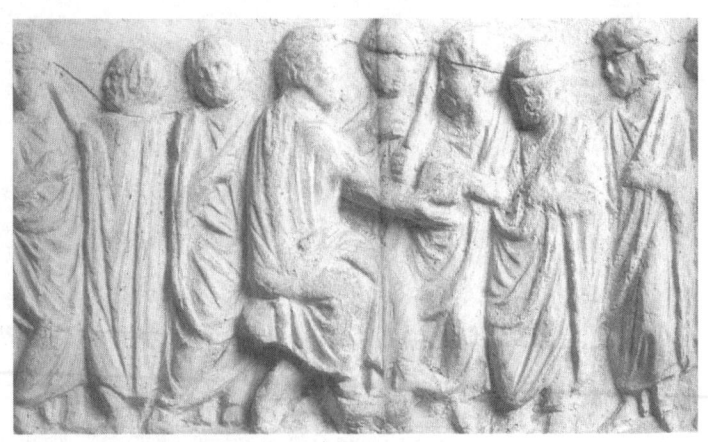

성서를 읽고 있는 로마의 대관(가운데 의자에 앉아 있는 자)

는 걸 너나할 것 없이 바라니까. 예속평민이 정직한 사람이냐 아니면 무가치한 사람이냐 하는 것은 중요하지 않아; 아무도 그런 것에는 신경 쓰지 않아; 예속평민이 정직하다는 평판을 듣느냐하는 것은 중요하지 않고 그가 갖고 있는 재산이 중요하단 말이야. 점잖지만 가난한 놈은 전혀 중요치 않고, 돈만 많으면 악당도 가장 바람직한 예속평민이 되는 거지. 하지만 무법천지의 파렴치한 예속평민이 귀족 후원자를 골치 아프게 만드는 걸 보라구. 자기가 진 빚도 모른다고 잡아떼서, 끊임없이 법정을 들락거리게 될 테니까; 그런 놈은 탐욕스럽고, 사기를 치고, 고리대금과 위증으로 재산을 모은단 말이야; 온 신경이 그런 일에만 쏠려있으니까. 그 놈의 재판

사람들의 보호를 받기 위해 귀족에게 예속된 사람들이었다. 그 대가로 그들은 선거에서 자신들의 후원자를 지지했다.

74

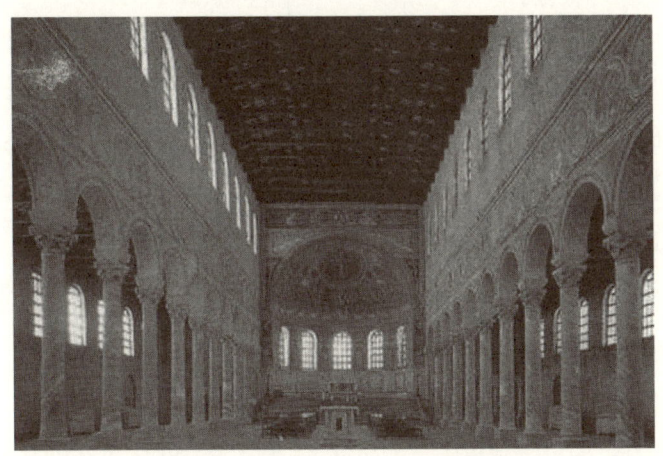

바실리카 내부 전경: 로마 법정 겸 시장

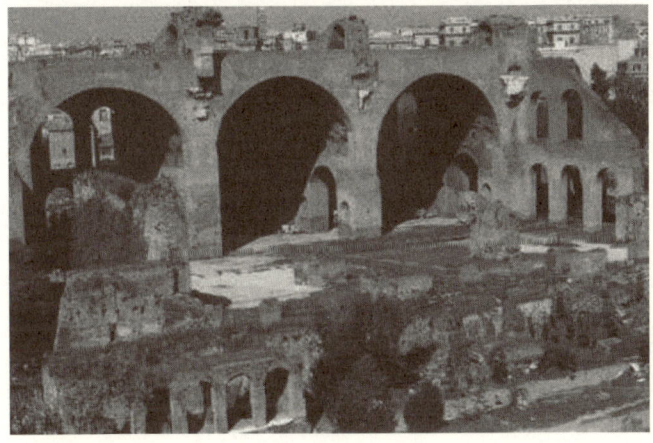

바실리카 외부 전경

폼페이에 초석이 남아 있는 BC 2세기 말기의 바실리카 – 고대로마의 시장과 법정(法廷)을 겸비한 공공 건물. 이 말은 본디 건물의 내부에 있는 주랑(柱廊)으로 둘러싸인 홀을 가리키는 것이었다. BC 2세기 초엽 로마에 세워진 아에밀리우스의 바실리카는 가장 초기의 건조물인데, 초석으로 짐작하면 로마시의 핵심을 이루는 포로로마노(공공광장)에 속하는 지붕이 가설된 홀을 가진 건조물이며, 사람들이 자유로이 주랑을 통과할 수 있는 구조이다.

날이 다가오면, 그 날은 귀족 후견인에게도 역시 재판날인 셈이지. (왜냐하면 죄진 놈을 위해 우리 귀족은 배심원 앞에서건, 판사 앞에서건, 치안판사 앞에서건 간에 변호를 해주어야하니까28)) 오늘 내가 예속평민 때문에 죽도록 걱정하고, 하고 싶었던 일도 하나도 못하게 된 식이라니까. 그 놈이 날 붙들고 긴 이야기를 하면서, 날 놔주지 않더라고. 난 그 놈의 끝도 없는 죄목에 대해서 법정에서 계속 변호를 해야만 했다구; 난 온갖 종류의 관련된 복잡한 해결조건을 제안했어; 그래서 내가 당사자들로 하여금 내기를 걸어 결성하기로 합의를 보았다 싶었더니 그 놈이 보증인을 대라고 요청하는 게 아니겠어? 아이구, 원! . . . 난 그렇게 파렴치한 악당이 딱 걸려든 꼴은 처음 봤어; 그 놈이 저지른 범죄 건수마다 세 명의 확실한 목격자들이 있더라고. 내 하루를 망친 그 빌어먹을 놈 천벌을 받아라! 오늘 아침에 뭐 할게 있다고 광장 가까이 갔던 나도 둬져야 돼, 더할 나위 없이 좋은 날이었는데 허비했단 말이야 – 점심도 준비시켜 놓았겠다, 내 애인이 틀림없이 초조하게 날 기다리고 있을 텐데 말이야. 될 수 있는 한 빨리 시내에서 황급히 빠져 나오긴 했는데; 그런데 지금쯤, 그 여자는 나한테 화가 나 있을 거야 – 선물한 그 옷이 그 여자 마음을 진정시키지 않는다면 말이야; 기억하겠지만 내가 마누라에게서 훔쳐다가 에로티움에게 주었던 그 옷 말이야.

---

28) 이 시기에 예속 평민은 자신을 변론할 수 없었다.

페니쿨루스

아내에게

이 일에 대해 어떻게 생각하세요?

아내

싸가지 없는 남편에게 싹수없는 결혼도 했구나.

페니쿨루스

저 양반 하는 말 확실히 잘 들으셨지요?

아내

아주 잘 들었다.

메내크무스

들어가서, 잔치에 합세해서 재미보는 게 상책이야.

페니쿨루스

앞으로 나오면서

잠깐 기다리세요. 서방님은 먼저 혼 좀 나셔야 될 걸요.

아내

맞아요, 그렇고말고요. 꾸어간 재산에다 비싼 이자까지 물어야 되니까요.

페니쿨루스

꽤 놀라실만한 일이 벌어졌네요.

아내

그런 비열한 수작을 부려놓고도 용케 빠져나갈 줄 알았어요?

메내크무스

여보, 난 당신이 무슨 소릴 하는지 모르겠어.

아내

모른다고요?

메내크무스

저 친구에게 설명해보라고 해볼까?

그녀의 손을 잡으면서

아내

제발, 당신의 더러운 손 집어치워요.

페니쿨루스

그렇지요, 바로 그런 식으로 말씀하시는 거라니까요.

메내크무스

왜 날 거역하고 그래?

아내

시치미 떼시기는.

페니쿨루스

다 알고 있으면서도 모르는 척하는 거라구요, 악당 같으니라구.

메내크무스

대체 무슨 소릴 하는 거야?

아내

옷 말이에요 −

메내크무스

옷?

아내

그래요, 옷이요, 외투, 그걸 누군가가 −

메내크무스

외투?

페니쿨루스

왜 그렇게 떨고 계세요?

메내크무스

내가 뭘 떤다고 그래.

페니쿨루스

그런데, 꼭 죄를 뒤집어 쓴 사람처럼 보여요! 그리고 제가 없는 데서 몰래 점심 다 먹어치운 자가 누군데요?

                                        아내에게

저 양반을 때리세요.

메내크무스

입 좀 닥쳤으면 좋겠어.

                          페니쿨루스에게 신호를 보내려고 애쓰면서

페니쿨루스

절대로 입 닥치지 않을 거예요.

                                        아내에게

글쎄, 저더러 조용히 하라고 눈짓을 하고 있네요.

메내크무스

제기랄, 난 너에게 눈짓도, 고개짓도 하지 않았어.

페니쿨루스

뻔히 볼 수 있는 걸 잡아떼시다니 — 뻔뻔스럽기도 하시네요

메내크무스

마누라, 당신이 이래야 성이 찬다면 — 내가 주피터 신과 모든 신의 이름을 걸고 맹세하는데 — 난 저 친구에게 눈짓하지도 않았고 고개짓도 하지 않았단 말이야!

페니쿨루스

하긴 그래요, 서방님은 '저 친구'에게는 고개짓을 하지 않았지요 마님이 서방님 말을 믿어준다고 합시다. 자 이제 얘기를 되돌려서 —

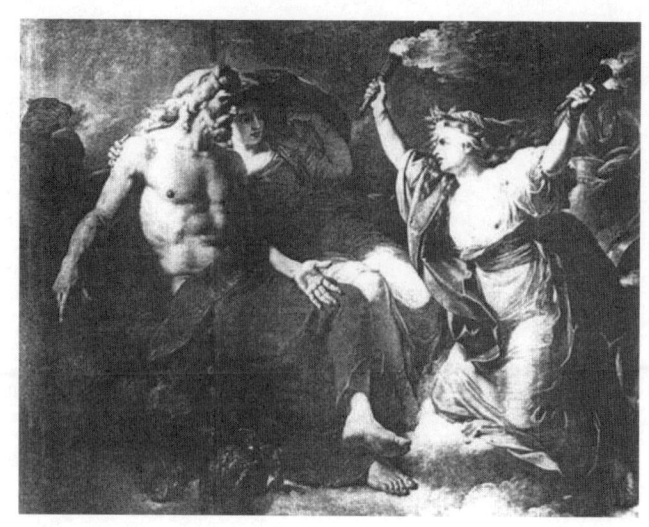

주피터

메내크무스

　되돌리긴 어디로?

페니쿨루스

　양재사 얘기로요, 그리고 옷도 되돌려주어야 할 것 같네요.

메내크무스

　무슨 옷을?

페니쿨루스

　　　　　　너무 당황해서 대답을 하지 못하는 아내를 쳐다본 뒤에

내가 더 이상 얘기해 본들 소용없어, 만일 마님께서 역할을 해내지

않으시면.

아내

　　　　　　　　　　　　　　　　　　　흐느끼며

난. . . 지지리도 . . 복도 없지. . .

메내크무스

여보, 당신이 뭐가 불행하다는 거야? 말해봐, 제발. 하인 중에 누가
말썽이라도 부려? 하인이나 하녀가 당신 말에 대꾸질 하더냐구? 그
렇다면, 말 좀 해봐, 그럼 내가 혼 줄을 낼 테니까.

아내

어리석은 인간 같으니라구!

메내크무스

뭔가 마누라가 낭패를 본 거야. 난 마누라가 이러는 건 보기 싫은
데 —

아내

어리. . . 어리석기는!

메내크무스

이 집에 당신을 화나게 만든 인간이 누군가 있구만.

아내

멍청하기는!

메내크무스

확실히 나는 아닐 테고 . . 그런 거야?

아내

어머나? 그렇다면, 드디어 분별력이 생기나요?

메내크무스

하지만 난 잘못한 게 아무 것도 없는데.

아내

또 어리석은 소리하기는!

메내크무스

그녀의 비위를 맞추려고 애쓰면서

여보, 뭐가 속상한지 말 좀 해봐.

페니쿨루스

이제는 다정한 남편의 연기까지 하려고 하시네!

메내크무스

페니쿨루스에게

자넨 자네 일이나 신경 쓸 수 없어? 내가 자네에게 말하고 있는 거
아니잖아, 안 그래?

아내

제발, 당신 손 치우라니까요.

페니쿨루스

꼴 좋으시네요. 내가 없을 때 점심을 다 먹어치우고 머리에다 화환
까지 두르고서 집 앞에서 날 농락하시더니, 한 번 더 보자구요.

메내크무스

세상에나! 정말이지 난 점심도 먹지 않았고, 오늘 그 집에 한 발짝
도 들여놓지 않았다구!

페니쿨루스

안 그러셨다구요?

메내크무스

헤라클레스의 머리에 걸고, 안 그랬다니까.

페니쿨루스

저 분은 제가 지금까지 본 중에서 가장 뻔뻔스런 거짓말쟁이예요
. . 제가 방금 전에 서방님이 미리에 장미 화환을 두르고 이 곳 거

82

리에 나와 계신 것을 보지 않았냐구요 — 저더러 머리가 돌았다고
그리고, 절 모른 척하시면서, 이 곳의 낯선 사람이라고 말하지 않으
셨냐구요?

메내크무스

하지만, 맙소사, 난 아까 자네와 헤어졌다가, 지금 방금에서야 집에
온 거라구.

페니쿨루스

계속해 보시지요, 서방님은 저를 속일 수 없어요. 제가 보복할 수
있다는 생각도 하지 않으신 거예요? 어쩌지요, 벌써 해버렸는데.
전 마님께 모든 걸 다 고해 바쳤다구요

메내크무스

내 마누라한테 뭘 말했다는 거야?

페니쿨루스

어쩌나, 제가 잊어버렸거든요. 직접 부인께 물어보시는 게 나을 텐
데요

메내크무스

여보, 이게 다 뭔 소리야? 저 자가 당신에게 뭘 말한 거야? 무슨 일
이 있었던 거야? 말할 수 없어? 무슨 일인지 나에게 말할 수 없느
냐구?

아내

아직도 저에게 그걸 물어봐요? 모르는 척 하면서.

메내크무스

내가 알면, 물어보질 않지, 안 그래?

페니쿨루스

정말 위선적인 악당이로구만! . . . 이봐요, 절대 이번 일을 가볍게 끝낼 수는 없을 거예요. 마님이 전부 다 알고 계시거든요 제가 직접 시시콜콜 다 말씀드렸단 말이에요.

메내크무스

무슨 소상한 얘기를?

아내

좋아요, 당신은 염치도 없고 자진해서 고백하길 바라지도 않으니까요 그냥 제 말 좀 듣기나 해요 제가 왜 화가 났으며, 이 사람이 저에게 뭘 말해주었는지 말씀드릴게요 내 옷이 도둑질 당해서 집 밖으로 들려나갔다는 얘기예요.

메내크무스

옷이? 내 옷을 도둑질 당했다구?

페니쿨루스

저 악당이 여전히 마님을 현혹시키려고 하고 있는 걸 보세요 . . 아니, 서방님이 도둑맞은 게 아니라, 마님이 도둑맞았다고요 만일 서방님이 도둑맞았다면, 영영 그걸 다시 볼 수 없겠네요, 확실하네요 뭐.

메내크무스

자넨 이 일에서 빠져 . . . 여보, 설명 좀 해봐.

아내

다시 말씀드리지만, 옷이 집에서 없어졌다구요.

메내크무스

누가 그걸 훔쳐 갔을라구?

아내

그야 그걸 실어 나른 장본인이 제일 잘 대답할 수 있겠지요.

메내크무스

그러니까 그 사람이 누구겠느냐고?

아내

이름이 메내크무스라고 하데요.

메내크무스?

정말? 웬 썩어질 짓이야. 그 메내크무스라고 하는 작자가 누군데?

아내

당신이 바로 그 메내크무스잖아요.

메내크무스

내가?

아내

당신이잖아요.

메내크무스

그런데 누가 고소인인데?

아내

저예요.

페니쿨루스

저도 그렇고요. 거기다가 보태서 말하자면 그걸 서방님의 애인 에

로티움에게 주었고요.

메내크무스

내가 그걸 그 여자에게 주었다고?

아내

그래요, 당신이 그랬잖아요, 당신이 말이에요.

페니쿨루스

괜찮으시다면, 앵무새를 한 마리 데려와서 '당신, 당신'이라는 말을 반복하도록 해야겠네요; 우리도 이제 지겹다구요.

메내크무스

여보, 주피터와 모든 신들에 걸고 내가 맹세하는데 – 아니야, 아니라니까, 난 그걸 절대로 남에게 주지 않았어.

페니쿨루스

우리가 진실을 말하고 있다고 맹세하는 편이 훨씬 나을 텐데요.

메내크무스

난 그걸 완전히 준 게 아니고; 그냥 빌려 주었을 뿐이야.

아내

정말 그러신 거예요? 그럼 당신, 내가 당신 망토나 웃옷을 집 밖에다 빌려준 적 있어요? 여자 옷을 빌려주는 것은 여자 몫이고, 남자 옷을 빌려주는 것은 남자 일이죠. 아마 당신은 그 옷을 다시 찾아오시겠지요.

메내크무스

내가 꼭 그 옷을 찾아오도록 할께.

아내

그렇게 하시는 게 당신한테도 이로우실 걸요. 그 옷을 가지고 올 때까지는 다시는 이 집에 못 들어오게 할 거예요. 저는 집에 가볼게요.

페니쿨루스

그러면 저는 이번 일로 아씨에게 봉사한 대가로 뭘 받게 되나요?

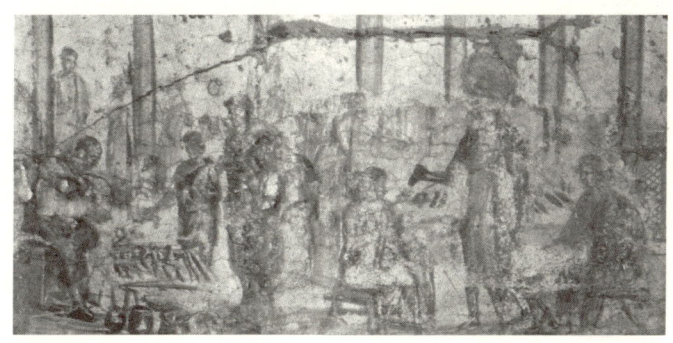

도시 광장의 상인들(폼페이 벽화)

아내

자네 집에서 도둑맞은 게 생기면, 그 때 내가 그만큼 해줄게.

그녀는 집으로 들어간다.

페니쿨루스

그런 일은 절대 없을 걸; 우리 집에는 내가 도둑맞을 물건이 아무 것도 없으니까. 에라 마누라하고 남편; 두 사람 모두 뒈져버려라! 난 시내에나 가버려야지; 난 이 놈의 집구석하곤 더 이상 한 패가 아닌 것이 분명해.

그는 가버린다.

메내크무스

마누라는 자기 옷을 되돌려 받아야겠다고 생각하는구만, 그렇다고 날 집 밖으로 내쫓아? 날 환영해 줄 더 좋은 곳을 내가 모를 줄 알고 좋다구, 마누라님, 당신이 날 원하지 않는다면, 난 쓴웃음을 지으며 참겠다 이거야. 에로티움은 날 원하거든; 그 여자는 날 밖으로 내쫓지 않는다구; 오히려 날 안에다 가두었으면 가두었지, 그

여자하고 나하고, 둘을 함께 말이야. 이제 가서, 그 옷을 되돌려 달
라고 부탁해야지 - 내가 더 좋은 걸로 사주겠다고 말해야지.

그는 그녀 집의 문을 두드린다.

어이 이봐! 여기 문지기 없나? 제발 문 좀 열어, 그리고 에로티움한
테 여기로 좀 나오라고 누가 전해 줘.

에로티움

안에서

누가 날 찾아온 거야?

메내크무스

자기 목숨보다도 널 더욱 사랑하는 사람이지.

에로티움 나온다.

에로티움

어머, 메내크무스 서방님! 밖에서 기다리시지 말고, 들어오세요.

메내크무스

아니야, 기다려봐. 내가 온 이유를 말해줄게.

에로티움

저야 왜 오셨는지 훤히 알지요 - 저랑 마음껏 즐기기 위해서지요.

메내크무스

사실은. . . 제발 그 옷을 나에게 되돌려 주어야겠어, 내가 오늘 아
침에 주었던 옷 말이야. 마누라가 자초지종을 전부 알게 되었어. 내
가 두 배나 비싼 걸로, 좋아하는 거라면 뭐든지 다른 걸로 사줄게.

에로티움

하지만 아까 그걸 드렸잖아요, 반시간도 안 되었는데, 양재사에게
갖다 주라고요; 그리고 보석공에게 갖다 줘서 다시 만들어 오라고

88

팔찌도 같이 드렸구요.

메내크무스

나한테 옷하고 팔찌를 주었다고? 잘못 생각하고 있는 거겠지; 절대 그런 적 없다니까. 오늘 아침에 그걸 갖다 준 다음에, 난 시내로 갔다가, 지금 방금 돌아온 걸, 난 그 이후로 널 처음 보는 거라구.

에로티움

어머나? 그 치사한 수작을 정말 훤히 알겠네요. 제가 그 물건들을 당신에게 맡겼더니, 이제 와서는 그걸 저에게서 빼앗으려고 교묘한 방법을 생각해 낸 거로군요.

메내크무스

맙소사, 아니라니까! 난 너에게서 뭘 빼앗으려고 이러는 게 아니야, 그걸 되돌려 달라고 부탁하는 거지. 내가 말했잖아, 마누라가 알게 되었다고 −

에로티움

게다가 저는 먼저 그걸 달라고 부탁한 적도 결코 없어요, 안 그래요? 저에게 그걸 갖다 준 것도 서방님 발상이었어요; 그게 저한테 줄 선물이라고 그랬잖아요; 지금에 와서 그걸 다시 되돌려 달라구요 전 아무래도 상관없어요; 당신이 그걸 간수하든지, 다시 가져가시든지, 직접 입고 다니시든지, 당신 마누라에게 그걸 입도록 하든지, 아니면 그걸 벽장에다 넣어두고 자물쇠를 채워두던지, 제가 알 바 아니지요. 제가 당신을 위해 그 모든 걸 해드렸는데 그게 고작 당신이 날 생각해주는 거라면, 앞으로 이 집에 더 이상 발도 들여놓지 마세요. 제가 분명히 말씀드리는 데요 − 수중에 현금 없이는 어림도 없어요. 이 양반아, 그런 식으로 절 희롱해서는 안 되지요. 속여먹을 다른 사람이나 가서 찾아봐요.

그녀는 안으로 들어간다.

메내크무스

오, 안돼. 제발, 네가 그렇게 화를 내면 안 되지. 제발, 기다려, 들어보라구, 돌아와! 들어가 버린 건 아니겠지? 오, 제발 다시 나오라니까, 제발! . . . 가버렸구만. 문도 잠가버리고 난 이제 완전히 쫓겨나 못 들어가게 되었구나. 집에서고 애인 집에서고, 아무도 내 말을 믿으려하지 않으니. . . 이제 내가 뭘 해야 될지 모르겠네. . . 가서 나에게 충고해 줄 친구를 찾아야 되겠네.

그는 시내로 가버린다.

잠시 후, 소시클레스가 그의 겨드랑이에 옷을 낀 채로 시내에서 돌아온다.

소시클레스

오늘 아침에 메세니오에게 돈주머니와 돈을 맡긴 내가 바보지. 내 생각에 그 녀석 지금쯤 싸구려 술집에 숨어 있을 거야. . .

아내가 집 밖을 내다본다.

아내

혹시 서방님이 집에 오는 기척이 나는지 모르겠네. . . 오 그래, 저기 계시네. 난 이제 살았구나! 저 양반 그 옷을 다시 갖고 오시네.

소시클레스

그 놈이 어디로 갔는지 알았으면 좋으련만.

아내

가서 저 양반께 걸맞은 환영인사를 해야지. . . 이봐요, 죄인 양반,

그걸 가지고 내 면전에 나타나는 게 부끄럽지도 않아요?

소시클레스

뭐라고 그러셨는지요? 무슨 잘못된 일이라도 있나요? 부인?

아내

무정한 인간 같으니! 아직도 감히 저랑 티격태격 말싸움하자는 거

예요?

소시클레스

글쎄, 제가 왜 당신에게 말을 걸면 안 되지요? 제가 무슨 죄라도 지

었나요?

아내

아직도. 그걸 제게 물어봐요? 오, 당신은 정말 염치도 없어요.

소시클레스

부인, 그리스인들이 왜 헤카베29)를 암캐라고 불렀는지 이유를 들

어본 적 있어요?

아내

물론 들어본 적 없고말고요.

---

29) Hecuba: (그리스 신화) 트로이의 왕 프리암(Priam)의 아내, 헥토르(Hector)의 어머
니. 그녀는 그리스가 트로이를 약탈한 이후에도 살아남았으나 자기 딸 폴리씨나
가 희생되고 또 다른 딸인 카산드라와 며느리 안드로마케가 노예가 되어 그리스
장군들에게 끌려가는 것을 목격하게 된다. 그녀가 미친개로 변신된 것에 관한 최
초의 언급은 유리피데스의 극『헤카베』에서 찾을 수 있다. 미친개로의 변형은 그
녀가 고통의 무게를 견디지 못하여 정서적으로 타락한 것을 나타낸다.

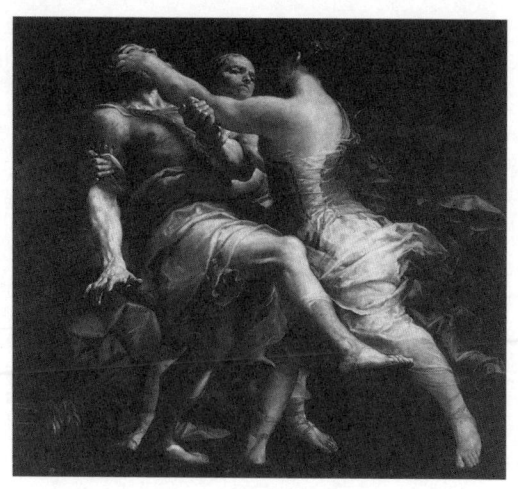

헤카베

소시클레스

> 그건 헤카베가 바로 지금 당신이 하고 있는 행동을 했기 때문이죠,
> 우연히 마주친 사람이 누구든지 간에 온갖 욕설을 퍼부어댔으니까
> 요. 그래서 암캐라고 불리게 되었대요 – 그건 당연한 일이지요

아내

> 오! 난 이런 수치스런 행동을 더 이상은 못 참아. 이런 모욕적인 행
> 동을 참느니 차라리 남편 없이 과부로 살다 죽고 싶어.

소시클레스

> 당신이 결혼 생활을 잘 견디어내든지 아니면 남편과 헤어질 작정
> 이든지, 그게 나랑 무슨 상관이오? 우연히 길을 지나가는 낯선 사
> 람에게 당신의 일을 실없이 지껄여대는 게 이 곳 관습인가보지요?

아내

지껄여대다니! 난 더 이상 참을 수 없을 거라고 분명히 말했어요. 난 내 평생 이런 취급을 받고 고통 당하느니 차라리 이혼을 하겠어요.

소시클레스

그래요, 원 저런, 나야 반대할 거 없지요. 이혼을 하고 여생동안 이혼녀로 남든지, 아니면 주피터가 왕으로 있는 동안만큼만 그러시던지.

아내

한 시간 전에는 옷을 훔친 것을 잡아떼더니, 여기 내 눈앞에서 그걸 갖고 있네요. 그러고도 부끄럽지도 않아요?

소시클레스

저런, 부인, 정말 뻔뻔스럽기도 하네요! 당신은 이 옷을 당신한테서 훔친 거라고 정말 주장하는 거예요, 이건 다른 여인이 나더러 양재사에게 갖다 맡기라고 준 건데요?

아내

오! 내가 . . . 난 친정아버지를 모셔오도록 사람을 보내서, 당신의 사악한 행동에 대해 모두 말씀드릴 거예요.

그녀는 문으로 간다.

데시오야! 가서 나의 아버님을 찾아보거라, 그리고 그 분을 모셔오도록 해라. 급한 일이라고 말씀드리렴. . . 내가 곧 당신의 못된 수작을 다 폭로할 거예요!

소시클레스

당신은 분명히 미친 것 같아요. 나의 못된 수작이라는 게 뭐요?

아내

내 옷을 훔치고, 또 내 보석을 훔치고, 당신 마누라의 재산을 집에
서 훔쳐내서는, 그걸 당신의 정부에게 갖다 주었잖아요! 이거야말
로 '지껄여야' 할 일 아닌가요?

소시클레스

저런, 부인 만일 당신의 악의에 찬 모욕을 내가 좀 더 쉽게 삼킬 수
있게 할 수 있는 약을 알거든, 그걸 내게 말씀해 주신다면 좋겠소.
난 당신이 날 누구로 생각하는지 전혀 모르겠소. 내가 당신을 모르
는 건 내가 헤라클레스의 아내의 할아버지[30]를 모르는 것과 같단
말이오.

아내

마음대로, 날 조롱하세요; 그 분을 그렇게 경솔하게 조롱하지는 않
겠지요, 우리 아버지 말이에요 – 여기에 곧 오실 거예요.

거리를 내려다보면서

아버님이 계시네요, 보여요? 설마 그 분은 알겠죠?

소시클레스

오 알고 말고요, 난 칼크스[31] 만큼이나 그 분을 잘 알고 있지요! 그
야 내가 당신을 처음 만난 날이 그 분을 만난 날이 되겠지요.

아내

정말로 나를 모르신다! 우리 아버님도 모르신다!

---

30) 헤라클레스(Hercules)의 아내인 데야니라의 할아버지는 포르타온(Porthaon)이다. 그
는 강의 신 아켈로스의 손녀인 에우리테와 결혼하여 오이네우스와 멜라스 등의
아들을 두었으며, 칼리돈 왕위를 계승한 오이네우스는 알타이가와 결혼하여 '칼
리돈의 멧돼지 사냥'으로 이름을 떨친 영웅 멜레아그로스의 아버지가 되었다.
31) Calchas: 트로이에 원정한 그리스군 최고의 예언자.

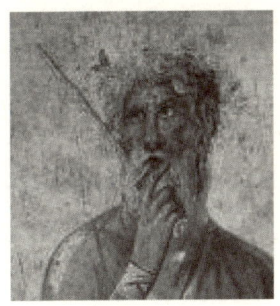
칼크스

소시클레스

    원하신다면 댁의 할아버지도 나에게 모셔와 봐요; 난 그 분도 역시
모를 테니까.

아내

    흥! 역시 생긴 그대로예요. 당신 행동으로 미루어 예상했던 그대로
라구요.

                아내의 아버지기 거리를 따라 천천히 온다.
        그는 여전히 얼마간 거리를 두고 떨어져 있는 것으로 가정되기 때문에,
         다른 인물들에게 도달하기 전에 투덜거릴 시간을 제법 갖고 있다.

아버지

    간다, 갈께. 늙은이가 할 수 있는 한 빨리, 그리고 날 필요로 하는
만큼 빨리. . . 하지만 그게 쉽지가 않구나. . . 그런 것쯤은 알고 있
어. 난 왕년에 그랬던 것만큼 민첩하질 못하단 말이야. . . 나도 세
월에는 어쩔 수가 없는 게지. . . 지고 다니는 몸만 더 무거운 것 같
고 힘은 더 빠졌단 말이야. 그래, 나이란 수지 안 맞는 장사야, 완

전 손해이지. 그건 골칫거리만 가져와, 그것도 많은 골칫거리를 말이야. 그게 뭔지 말해줄 수 있겠건만, 시간이 너무 오래 걸릴 테니원... 이 순간에도 가장 걱정되는 일은 도대체 딸애가 뭘 원하길래 이렇게 갑작스럽게 날 모셔오도록 하는가 하는 거야. 무엇 때문에 날 필요로 하는지 나에게는 전혀 알려주지 않았으니. 왜 이렇게 다급하게 날더러 와달라고 요청한 걸까? ... 하지만 무슨 일인지 어림짐작되고도 남아. 남편하고 조금 다툰 거겠지 뭐. 그것들이 이렇다니까 ─ 여자들이 남편에게 시키는 대로 해줄 것을 늘 기대한다든지; 뒤에 두둑한 지참금이라도 있을라치면, 여자들이란 공포감이야. 실은, 남편이라고 항상 비난할 점이 없다는 것은 아니야. 하지만, 아내가 참을 수 있는 것에는 한도가 있는 거야; 여자가 타당한 이유 없이 친정아버지를 모셔오라고 하지 않는다는 건 확실해 ─ 남편이 바람을 피웠거나 아니면 심한 말다툼을 벌인 게지. 아무튼, 이제 곧 알게 될 테니까... 아 그렇지, 딸애가 집 밖에 있네... 그리고 사위도, 사위는 안색으로 봐서 기분이 언짢구먼. 내가 생각했던 그대로야. 먼저 딸애에게 말해봐야지.

그는 손짓으로 그녀를 부른다.

아내

아버님께 가야지. ... 오, 아버지, 잘 오셨어요.

아버지

반갑구나. 넌 잘 지내고 있겠지. 여기는 모두 편안한 게야, 응? 날 여기 모셔오도록 한 게 무슨 잘못된 일이 있어서 그런 건 아니겠지? 넌 어째 풀이 죽은 것처럼 보이는구나; 왜 그런 거야? 그리고 네 서방은 왜 저렇게 심술난 표정으로 저기 서 있는 게냐? 이런저런 일로 사소한 말다툼을 벌인 게로구나. 그런 거야? 자, 털어놓고 말해봐라, 누구 잘못이었는지 말해보렴, 길게 할 것 없고

아내

무슨 잘못을 저지른 건 제가 아니에요, 아버지, 그러니 마음 놓으세요. 하지만 전 여기서 더 이상 살 수 없어요; 전 절대로 참을 수가 없어요; 절 데려가 주세요.

아버지

그러니까, 뭐가 문제냐고?

아내

제가 업심 받고 있다구요

아버지

누구한테?

아내

제 남편한테요, 아버지가 저를 위해서 얻어준 남편이란 작자가요

아버지

그렇게 된 거로구나 – 시시한 말다툼 조금 가지고. 내가 몇 번이나 너희들에게 말하데, 너나, 너희들 둘 다, 불평거리를 가지고 내게 달려오도록 놔두지 않겠다고?

아내

제가 어쩔 수가 있겠어요, 아버지?

아버지

말해달라는 게냐?

아내

　　제발요.

아버지

　　내가 너에게 수십 번 말했잖니; 네 남편을 즐겁게 해주려고 노력하
　　는 것이 네가 할 일이라고. 그러니까 네 남편 일거수일투족을 감시
　　하지도 말고, 어디에 가서 무슨 짓을 하려고 하는지 항상 알려고
　　하지 말라니까.

아내

　　하고 다니는 짓거리라는 게 옆집 매춘부하고 바람피우는 건데요.

아버지

　　나무랄 것도 없구나, 그리고 네가 계속 이런 식으로 네 남편 귀 아
　　프게 잔소리하면 할수록, 그 여자를 더 사랑하게 될 게 뻔하다니까.

아내

　　거기서 술도 마셔요.

아버지

　　거기에서건 저기에서건 네 남편이 원하는 데서 술 마시는 걸 네가
　　막을 권리가 있다고 생각하니? 얘야, 난 그런 건방진 짓은 들어보
　　질 못했구나. 네 남편이 저녁식사 초대를 수락하건, 또는 제 집에
　　친구를 초대하건, 넌 그걸 막을 수 있다고 생각하는 거냐? 남편이
　　네 노예라도 되길 기대하는 거야? 차라리 네 남편이 널 위해서 집
　　안일을 해주거나, 또는 여종들과 함께 앉아서 실을 잣는 걸 바라지
　　그래.

아내

　　아버지를 여기에 모셔온 게 저를 변호하기 위해서가 아니라 제 남

편을 변호하기 위해서라는 생각이 드네요. 저의 변호인이 상대편에게 붙었으니.

아버지

애야, 만일 네 남편이 무슨 범죄를 저질렀다면야, 너한테 말한 것보다 네 서방에게 더 많은 말을 해대겠지. 네 남편은 너에게 옷에다, 보석에다, 네가 필요하다 싶은 하인들이며, 양식까지 대주고 있잖니; 상황을 현명하게 받아들이는 게 상책인 게야.

아내

저 인간이 제 것을 강탈하고, 제 벽장에서 옷이며 보석을 훔쳐가고, 제가 없는 데서 제 옷장을 털어다가 자기 정부한테 선물로 갖다 주어도 말이에요?

아버지

아 그랬구나, 그런 짓을 하고 다닐 권리야 없지 ― 하지만 만일 안 그랬다면, 넌 순진한 사람을 비난할 권리가 없단 말이다.

아내

정말이지, 아버지, 지금 바로 이 순간에도 저 인간은 제 옷하고 팔찌를 갖고 있잖아요, 그걸 그 정부에게 갖다 주었다가 저한테 발각이 나니까 이제야 가져온 거라구요.

아버지

저런. . . 난 네 남편 입으로 직접, 이 일에 관해 진실을 알아보는 게 낫겠다. 내가 말 좀 해봐야겠구나. . . 여보게, 메내크무스, 대체 이렇게 둘이서 싸우고 있는 이유가 뭔가? 내가 알아야겠네. 왜 자네는 이쪽에서 침울해 있고, 저 애는 저쪽에서 불끈 화가 나 있는 건가?

소시클레스

노인 어르신, 댁이 뉘시든, 그리고 존함이 무엇이든지간에, 전 주피
터와 모든 천상의 신들께 맹세코 −

아버지

야단났구만, 그래서 그 다음은 또 뭔가?

소시클레스

제가 자기 집에서 옷을 훔쳐서 빼돌렸다고 비난하는 저 여자에게
전 눈꼽만큼도 잘못한 게 없다고요 −

아내

당치않은 거짓말은!

소시클레스

그리고 제가 이 집에 한 번이라도 발을 들여놓은 적이 있다면, 전
세상에서 저주받은 모든 인간 가운데 가장 저주받은 자가 될 지어
다!

아버지

저런 바보 같으니라구, 자네 자신에게 그런 저주를 퍼붓고, 자네가
살고 있는 이 집에 발을 들여놓은 적이 없다고 말하다니, 어쩌자고
자네는 미쳐버렸는가?

소시클레스

이제는 제가 이 집에 살고 있다고요?

아버지

그렇지, 아니라고 할 텐가?

소시클레스

전 가장 확실하게 그걸 부인합니다.

아버지

그렇다면 자넨 싱거운 거짓말을 하고 있는 거로구만 - 자네가 어제 이 집에서 이사를 나가지 않았다면 말일세. . . 애야, 이리로 와 보렴. . . 너하고 네 서방하고 이 집에서 이사했냐?

아내

도대체 저희가 어디로 이사를 가며, 그리고 왜, 무엇 때문에요?

아버지

그걸 알면 내 목을 베지.

아내

그야 물론 저 인간이 아버지를 속이는 거지요. 모르시겠어요?

아버지

자 이제, 메내크무스, 농담 그만했으면 충분하네; 이제 본론으로 들어가자구.

소시클레스

무슨 본론을요? 제가 당신하고 무슨 상관이 있어서요? 전 당신이 누구신지, 또 어디 출신이신지, 게다가 제가 만난 이후 줄곧 저를 모욕하는 이 여자나 당신히고 무슨 관계가 있는지 모른다고요.

아내

놀라서

아버지, 저 이 좀 보세요! 눈이 시퍼래져서 병색이 있어요; 얼굴도 시퍼렇게 변하구요[32]; 그리고 눈이 번들거리는 것이 - 보세요!

---

32) 광기와 분노는 의학 이론에서 서로 연관성이 있는 것으로 파악되었다. 이 두 가지는 간에서 분비되는 담즙의 과다에서 기인한 것으로 여겨졌기 때문이다.

소시클레스

방백으로

이 사람들이 날 미친 사람으로 단언한다면, 미친 척하는 게 상책이야; 그러면 저이들을 소스라치게 놀라게 해서 몰아내게 될 테니까.

그는 그것에 알맞게 행동한다.

아내

이제 저이가 입을 크게 벌리고 이리저리 날뛰고 있어요. 어머나, 아버지, 도대체 제가 어떻게 해야 되요?

아버지

떨어져 있거라, 애야. 될 수 있는 한 멀리 떨어져 있으라구.

소시클레스

미친 사람처럼 고함치면서

유호우! 유호우! 바커스 신이여 어어이[33)]! 저더러 숲 속 저 멀리에서 사냥하라고요? 듣고 있어요, 듣고 있다니까요, 하지만 전 여기

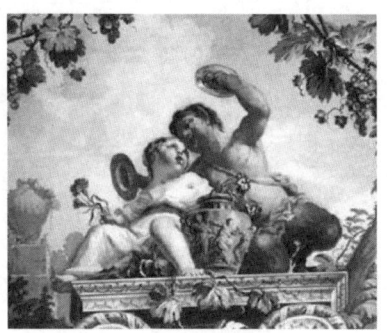

주신 바커스

---

33) 소시클레스는 바커스 신에 홀린 추종자들이 지르는 종교의식적인 외침마디를 질러댄다.

에 남아 있어야만 해요. 제 왼편에서는 마녀가, 그것도 억센 마녀가 감시하고 있고요, 그리고 그 뒤에서는 냄새나는 늙은 염소가 감시를 하는데요, 거짓말만 하는 늙은 노망한 늙은이예요, 거짓말로 순진무고한 많은 사람들을 망하게 만들어요. . .[34]

아버지

에이, 망할 놈의 인간!

소시클레스

이제는 아폴로 신께서 명령하시는구나. 저 여자 눈깔을 이글이글 타오르는 횃불로 태워 버리라고, 내게 명하시네. . .

아내

앗!! 아버지, 아버지, 저이가 제 눈을 태워버리겠다고 협박해요!

소시클레스

오 슬프도다, 자기들이 미친 인간이면서 날 미쳤다고 말하다니.

아버지

여기로, 애야!

아내

네?

아버지

어떻게 하면 좋으냐? 하인을 몇 명 여기로 데려올까? 그래, 바로 그거야; 저 인간이 더 나쁜 해를 끼치기 전에 여기로 사람을 몇 명 보내서 저자를 집으로 데려가서 붙들어 매도록 해야겠어.

---

34) 소시클레스는 아내가 마녀로, 장인이 늙은 염소로 보이는 척하면서 광기를 위장하고 그들을 모욕한다.

소시클레스

이제 난 어찌해야 한담? 빨리 뭔가를 생각해 내지 않으면 저 사람들이 자기들 집으로 날 잡아채 갈 거야. . .

　　　　　　　　　　　　　　　　　　아내를 공격할 듯이

아폴로 신이여, 들립니다, 이 여자가 재빨리 제 눈을 피해 어떤 지옥에라도 떨어지지 않으면 얼굴을 갈기고, 목숨을 절대 살려주지 말라고요. 명령하신 데로 하겠습니다, 아폴로 신이여!

아버지

안으로 들어가라, 애야, 저 인간이 널 죽이기 전에 냉큼 안으로 들어가라니까!

아내

갈게요. 아버지, 저이를 잘 지켜보세요. 저 사람 도망치지 못하게 하세요. 오! 가엾은 마누라가 별 끔찍한 소리를 다 듣는구나! . . .

　　　　　　　　　　　　　　　　　그녀는 집안으로 피신한다.

소시클레스

저 여자를 멋지게 제거했구먼. 이제 사악하고 구레나룻이 난 저 비틀거리는 시그너스[35])의 아들, 티토누스[36])에게는. . . 당신의 명령대로, 아폴로 신이여, 저자의 지팡이로 제가 저자의 몸뚱이를 조각으

---

35) Cygnus: 백조자리; '백조'는 노인의 흰머리를 암시한다. 플라우투스가 지어낸 부자관계.

36) Tithonus: (그리스 신화) 트로이 왕 라오메돈(Laomedon)의 아들. 새벽의 여신 에오스(Eos; 로마 신화의 오로라 Aurora에 해당)의 애인. 새벽의 여신 에오스는 미남 청년인 티토누스를 보고 반해 납치해가서는 두 아들을 낳는다. 에오스는 그가 죽지 않게 해달라고 유피테르에게 간청하여 승낙을 받았으나 영원한 청춘을 간청하는 것을 잊은 바람에 티토누스가 점점 오그라들어 나중에는 거의 목소리만 남게 되자 에오스는 그를 매미로 변신시켜 해마다 허물을 벗게 했다고 한다.

로 부숴뜨리고, 뼈와 사지 마디마디를 두들겨 패겠습니다. . .

아버지

네가 감히 날 건드린다든지 한 발짝이라도 가까이 오는 날에는, 넌 그 일로 후회하게 될 거야.

소시클레스

아폴로 신이여, 분부대로 따르겠습니다. 양날 도끼로 이 늙은이의 살과 뼈를 다진 고기로 짓이겨 놓겠습니다.

아버지

어이쿠, 나도 내 몸을 조심해야겠네, 그렇지 않으면 저 놈이 위협하는 만큼 정말 해칠지도 몰라.

소시클레스

명령을 내리실 게 더 있으신가요, 아폴로 신이여? 아하, 저 사납고 맹렬한 말들에다 마구를 채워서 그 전차에 올라타서 이 고약한 냄새나는 이빨 빠진 늙은 사자를 몰아세우라구요. . 그렇다면 그렇게 하겠습니다. . . 사 이제 전차를 타고, 이제 고삐를 잡고, 여기 제 손에다 몰이막대기를 쥐고서. . . 나의 준마들아, 빨리 달려라! 너희들 발굽 소리를 듣자꾸나! 너의 지칠 줄 모르는 전진으로 빠른 질주로!

아버지

자네 말이 내게 가까이 못하게 하게나!

소시클레스

아폴로 신이여, 아폴로 신이여! 저의 갈 길을 막는 적병을 습격하여 그를 죽여 버리라는 명령을 내리시는군요. . .

노인은 버티고서 이 미친 사람과 맞붙어 싸운다.

. . . 아! 내 머리채를 꽉 붙잡고 내 전차에서 나를 끌어내리는 게 누구야? 당신의 당당한 명령을 무시하고 방해하는 이자가 누굽니까, 오 아폴로 신이여! . . .

그는 싸움을 포기하고 땅에 쓰러진다.

아버지

기가 막혀라! 끔찍스럽게도 갑작스럽게 심각한 발작을 한 것임에 틀림없어. 몇 분전만 해도 말짱하게 정상이더니, 지금은 미쳐서 날뛰는구만. 나 저렇게 갑자기 발작을 일으킨 자는 처음 보겠네. 야단났구만! 어찌해야 하나? 가서 가능한 한 빨리 의사를 찾아보는 게 좋겠어.

그는 황급히 나간다.

소시클레스

드디어 그 사람들 다 가 버렸나? 멀쩡한 사람을 헛소리하는 미치광이로 변하게 만든 그 두 명의 골칫거리를 처치한 건가? 형세가 불리해지기 전에 내 배로 다시 되돌아가는 게 상책이야. 여러분, 그 노인에게 말씀드리지 않을 거죠? 그 영감이 돌아오더라도 제가 어떤 길로 갔는지 말씀드리지 마세요, 안녕히 계세요.

그는 간다.

얼마 후 아버지가 기진맥진하여 돌아온다.

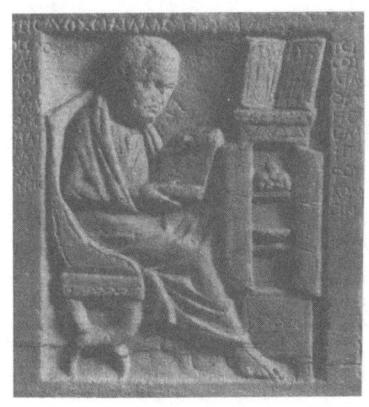

두루마리를 읽고 있는 의사. 옆에 있는 책장의 문이 열려 있고, 그 안으로 두루마리와 컵, 그리고 의사의 도구 등이 보인다.

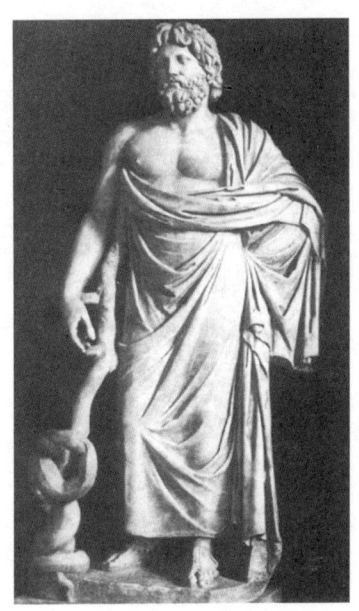

에스쿨라피우스

아버지

　　내내 의사가 왕진에서 돌아오기를 기다리고 있단 말이야. 앉아 있었더니 엉덩이가 얼얼하고, 의사가 오나하고 망을 보고 있었더니 눈이 다 아프네. 드디어 그 지친 친구가 환자진료를 마치고 집에 왔더군. 자기가 에스쿨라피우스[37]의 부러진 다리를 붕대로 매주고, 아폴로의 팔을 고쳐주어야만 했노라고 그러더군 - 그게 도무지 무

---

37) Aesculapius: (로마 신화) 의약과 의술의 신. 아폴로의 아들. 293 B.C.에 로마인들이 역병을 치유하기 위해 그를 숭배하기 시작하였다. 여기서는 그 석상을 가리킨다. 여기서 아버지의 대사는 유명한 환자를 돌보는 것에 대해 허풍을 떨기 좋아하는 의사에 대한 익살로 볼 수 있다.

슨 말인지. . . 오, 지금 생각해보니까, 난 의사가 아니라 석수를 부른 게 아닌가 싶네? 어쨌든, 이제 그가 오는구만. . . 이 양반아, 서둘러요; 굼벵이보다 빨리 올 수는 없수?

의사 도착한다.

의사

자, 영감님, 병의 증세가 어떻다고 그러셨죠? 귀신에 홀린 경우입니까 아니면 환각입니까? 무슨 혼수상태나 수종증 증세 같은 게 있나요?

아버지

그걸 말씀해 주십사, 그리고 그를 치료해 주십사 여기에 선생님을 모신 게지요.

의사

전혀 어려울 거 없을 겁니다; 틀림없이, 그를 완치시키겠습니다.

아버지

가장 정성껏 세심하게 돌봐주시기 바랍니다.

의사

가장 주의 깊게 보살피겠습니다. 전 그 사람에 대해 시시각각 탄식하며 보내게 될 겁니다.

아버지

보세요, 여기 그가 옵니다. 그의 행동을 지켜봅시다.

그들은 멀찍이 서있다. 메내크무스가 시내에서 돌아온다.

메내크무스

이것 참, 오늘같이 치명적이고 좌절스러운 날은 처음이네. 조심스럽게 비밀로 했던 모든 계획들이 내 식객 놈에 의해 폭로되었으니.

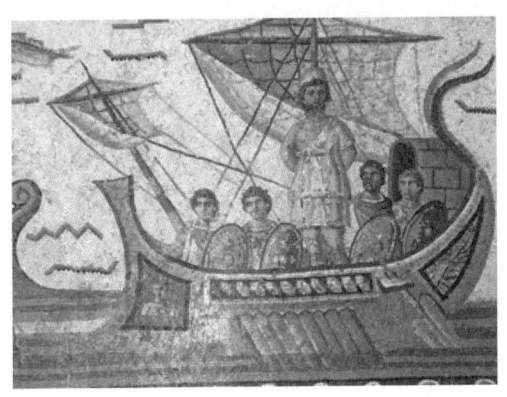

율리시즈

그 놈은 율리시즈[38]처럼, 주인을 모반하는 음모를 짜서, 날 겁먹은 죄진 바보 꼴로 만들었단 말이야. 내가 살아 있는 한, 그 놈에게 보복을 할거야; 그 놈 목숨을 끝장 낼 거야 ― 그걸 그 놈의 목숨이라고 부를 수도 없지 ― 마땅히 내 목숨이라고 해야 돼, 왜냐하면 그 놈이 지금까지 먹고 살았던 것은 내 음식이고 내 돈이었으니까! 어쨌든, 난 그 놈의 숨통을 죄어놓을 거야. 그 계집도 그렇지, 그런 류의 계집들이 그렇겠거니 하고 생각했던 것과 똑같은 짓거리를 하더라니까. 내가 마누라에게 돌려주게 그 옷을 좀 달라고 부탁하니까, 뭐 그건 자기에게 선물로 준 것이었다나. 아이고, 원!

아버지

저 사람이 말하는 거 알아듣겠어요?

---

38) Ulysses: (그리스 신화) 이타카의 왕, 호머의 『오디세이』의 주인공. 그리스 서사에서는 기략이 풍부한 영웅으로 알려져 있지만, 희극에서는 뛰어난 계략꾼으로 인용된다.

의사

자기가 얼마나 운이 없는 인간인가 말하고 있네요.

아버지

가서 말을 걸어보세요, 어서요.

의사

안녕하세요, 메내크무스 씨. 오, 맙소사, 그렇게 당신 팔을 드러내 놓고 다녀서는 안돼요. 그게 당신의 병에 가장 안 좋을 수 있다는 걸 모르시나요?

메내크무스

가서 당신 목이나 매다시지?

아버지

뭔가 알아채시겠소?

의사

그렇다고 봐야지요! 이런 만성병을 낫게 하려면 몇 통이나 되는 미나리아재비39)가 필요할 겁니다. . . 말 좀 해봐요, 메내크무스 씨 ─

메내크무스

당신한테 뭘 말하라고?

의사

딱 한 가지만 여쭙지요 ─ 백포도주 마셔요 아니면 적포도주 마셔요?

---

39) hellebore: 보다 정확히 말하자면 미나리아재비과의 식물인 크리스마스 로즈 (Christmas Rose)를 일컫는다. 우울증으로 인한 광증을 다스리는 의약 치료제로 사용되었다. 그리스 시대에 '광기를 치료하는 풀'로 일컬어졌다. 약초이기도 하고 독약이기도 해서 털벌레의 살충제로도 사용된다.

메내크무스

오 빌어먹을!

의사

아버지에게

그래요, 정말, 이 사람에게 발작이 다시 오고 있어요.

메내크무스

내가 먹는 식빵 색깔이 분홍색인지, 자주색인지, 또는 노란색인지는 왜 안 물어보시우? 또 내가 새를 비늘채로 먹는지 아니면 생선을 깃털채로 먹는지는 왜 안 묻고?

아버지

쯧, 쯧! 저 헛소리하는 것 좀 들어봐요. 완전히 미쳐버리지 않도록 구해주기 위해서 무슨 약을 좀 빨리 줄 수는 없소?

의사

곧 드리지요. 질문을 좀 더 하고요.

아버지

그 시시하고 장황한 이야기로 우리 모두를 삽셌구먼.

의사

이봐 젊은이 말 좀 해봐요, 양쪽 눈에 비늘같이 흐릿한 게 덮여있다고 느낀 적 있어요?

메내크무스

멍청아, 나를 바다가재로 아시우?

의사

또 한 가지: 창자에서 무슨 꾸르륵 소리나는 거 같지 않았소?

메내크무스

배가 부를 땐 안 나다가, 배가 고프면 꾸르륵 소리가 나요.

의사

이번 대답을 보면 정신 나간 것 같은 게 하나도 없어요. 밤새도록 잠은 자나요? 잠자리에 누우면 잠은 쉽게 드나요?

메내크무스

만일 청구서 돈을 다 냈으면 – 난 충분히 깊이 잠자요. 에이, 주피터와 모든 신들이 당신과 그 어리석은 질문에 저주나 내려라!

의사

다시 광기가 오네요. 저렇게 말할 때는 조심해야 되요.

아버지

아까 말했던 것과 비교하면, 지금은 네스트로[40])처럼 멀쩡하게 말하는 거예요; 아까는 자기 마누라를 미친 암캐라고 불렀다구요.

메내크무스

제가요?

아버지

자네 분명히 그랬잖아 – 물론, 광기가 났을 때.

메내크무스

제가 미쳤었다고요?

아버지

그랬지; 네 마리 말이 끄는 전차로 날 들이받겠다고 위협했잖아. 내가 봤다니까. 난 자네에게 불리하게 목격자 증거를 댈 수도 있다구.

메내크무스

오, 그러시겠다구요? 그렇다면 저는 장인어른께서 주피터의 머리에서 신성한 왕관을 훔친 죄로, 감옥에 갇혔다는 것을 증명할 수 있

---

40) Nestor: (그리스 신화) 트로이 전쟁 때 그리스군의 슬기로운 노장군.

어요; 석방되셨을 때는 말뚝에서 체형을 당했다는 증거도 있어요;
그리고 어떻게 친아버님을 살해하고 어머니를 팔아 넘기셨는지를
알고 있어요. 제가 멀쩡한 사람이라는 걸 납득시켰으니 이제 그 중
상모략 따윈 공공연하게 걷어치우세요.

아버지

맙소사, 의사 선생님, 뭘 하실 건지간에, 빨리 하시우. 저자가 제정
신이 아니라는 걸 확실히 보셨잖수.

의사

네. . . 그러니까. . . 제가 영감님께 충고해드리고 싶은 건 이거예요.
저 사람을 저의 집으로 끌고 가는 거예요.

아버지

그게 상책일 거 같수?

의사

확실히 그래요. 거기서래야 제가 저 사람의 치료를 감독할 수 있을
테니까요.

아버지

좋을 대로 하시구려.

의사

메내크무스에게

난 3주 동안 당신이 미나리아재비를 먹도록 처방하겠소.

메내크무스

난 당신을 고문대에 올려놓고 한 달 동안 몰이막대기로 따끔하게
찔러대겠소.

의사

　가셔서 저 사람을 저의 집으로 끌고 갈 사람을 몇 명 구해오세요.

아버지

　몇 사람 정도가 필요할 것 같소?

의사

　현재 저 사람의 광기의 상태로 판단컨대, 적어도 네 명은 있어야죠.

아버지

　내가 그 사람들을 여기로 곧 오도록 하지요. 그동안, 선생님, 저 사람을 감시하고 계시우.

의사

　오, 저도 집에 가서 필요한 준비물들을 챙겨봐야 해요. 댁의 하인들을 시켜 그를 데려오도록 일러두세요.

아버지

　알았어요. 즉각 선생님 댁으로 끌고 가도록 하지요.

의사

　그럼, 전 가겠습니다.

아버지

　안녕히 가시우.

그들은 각자 길로 퇴장한다.

메내크무스

　의사퇴장, 장인퇴장이라. 이제야 나 혼자 남아 있구나. 젠장! 날 미친 사람으로 단언하다니 그 두 사람은 도대체 무엇에 홀린 것일까? 내 평생 단 하루도 아파 본 적이 없는 — 나를! 난 전혀 미치지 않았어. 또한 그 누구와도 싸움이나 언쟁을 할 생각도 없는데. 난 내가 본 다른 모든 멀쩡한 사람처럼 멀쩡하다구; 내 친구들을 보면 알아볼 수 있고, 그들과 정상적으로 말도 해. 그런데 왜 그 사람들은 내가 미쳤다고 이해하는 걸까 – 정작 미친 사람은 바로 자기들이 아니라면 말이야? 이제 난 뭘 해야 하나? 집에 가고 싶은데, 마누라가 안 된다고 하고. 옆집에서도 역시 나를 환영해 주지 않고 참 재수도 없구나! 난 여기서 기다리고 있어야하겠지; 해질 녘에는 나를 들여보내 주었으면 좋겠네.

> 그는 그의 집 문 앞에 앉는다.
> 메세니오가 시내에서 돌아온다.

메세니오

제가 늘 드리는 말씀이지만, 착한 노예의 표준은 이런 것이지요 – 자기 주인의 행복을 위해 감시하고 공급하고, 주인님의 일을 계획하고 준비할 것이라고 믿을 수 있는 사람, 즉 주인이 안 계셔도 계실 때만큼 주인님의 일을 잘 돌보는 하인이지요, 아니 안 계실 때 오히려 더 잘 돌보는 하인이지요. 제대로 된 생각이 박힌 하인이라면 누구나 자기의 목구멍보다는 등을 더 소중히 여기고, 자기의 배보다는, 정강이에 주의를 기울여야 하지요. 만일 분별력이 있는 하인이라면, 무가치하고, 게으르고, 부정직한 노예들에게 주인이 어떻게 보상하는지를 명심할겁니다; 채찍질에, 족쇄에다, 밟아 돌리는 바퀴, 고역, 굶기기, 뻣뻣하게 얼리기 – 이게 게으름에 대한 대가로 얻게 되는 것들입니다. 저는 그런 종류의 고생을 하느니 차라리 거기서 벗어날 고생을 아끼지 않고 하겠습니다. 제가 나쁜 하인이 되지 않고, 착한 하인이 되려고 결심한 이유가 바로 이것입니다. 저는 매질하는 채찍보다는 혀의 채찍질을 더 쉽게 참아낼 수 있습니다; 그리고 곡물을 찧는 일보다는 곡물을 먹는 게 훨씬 좋지요. 그래서 전 주인님께서 말씀하시는 대로 다 하고, 능률적이고 예의 바른 태도로 그 분의 명령을 수행하는 것입니다; 그리고 전 그렇게 하는 게 저에게 이익이 된다는 걸 알고 있습니다. 다른 노예들도 나름대로 자기들이 최선이라고 생각하는 대로 행하겠지요. 저는 제 의무를 다 행할 겁니다. 제가 결심한 것은 이렇습니다 — 신중을 기하자, 나쁜 일은 하나도 하지 말자, 그리고 나를 필요로 하는 곳에 항상 대기하자. 쓸모 있는 노예가 되는 방법은 아무 잘못도 저지르지 않았을 때조차 고생할 것을 두려워하는 것이지요; 심지어 마땅히 고생을 해야 될 때조차도, 아무 것도 두려워하지 않는 노예들은 — 그런 자들이야말로 걱정해야 할 일들이 많은 자들입니다! 저는 두려워해야 할 일이 많지 않을 겁니다. 주인님께서 제가 섬긴 것에 대해 보상해 주실 때가 오래 남지 않았거든요. 어쨌든, 주인을 섬기는 것에 대한 저의 생각은 이렇습니다 — 내 등짝이 고통 당하지 않도록 확실히 해두어라 이겁니다. 자 이제 전 그 분이 말씀하신 모든 것을 다했습니다, 짐과 하인들이 여인숙에 자리 잡는 것을 보고, 그 분을 만나러 여기 다시 왔습니다. 문을 두드려서 제가 여기에 왔다는 걸 그 분께 알려드리려고 합니다. 그래서 이 도둑소굴로부터 그 분을 안전하게 구해드려야 합니다. 싸움이 다 끝나버리고 제가 너무 늦게 온 것이 아닌가 걱정이 많이 되긴 합니다만.

그가 에로티움의 문으로 다가갈 때,
아버지가 네 명의 건장한 노예들과 함께 되돌아온다.

아버지

자, 이봐, 자네들 분부 받은 걸 내가 다시 한번 말하겠는데, 맹세코 자네들이 부지런히 내 명령을 따르도록 지시하네. 그 자를 번쩍 들어 올려서 즉각 의사 선생님 댁으로 끌고 가게나. 꼭 그렇게 해야 돼, 다리몽둥이와 옆구리 터질 것에 신경 안 쓴다면 몰라도. 그리고 그자가 자네들에게 어떤 위협을 하든지 개의치 말게나, 알겠나? 빨리 서두르게. 뭘 기다리고 있는 건가? 그자는 자네들 등에 업혀서 지금쯤은 벌써 멀리 실려 갔어야 했어. 난 의사 선생님 댁으로 가봐야겠네; 자네들이 도착할 쯤에 내가 거기서 기다리고 있을 거네.

그는 간다. 하인들이 메내크무스와 맞붙어 싸운다.

메내크무스

도와줘요! 사람 살려! 이게 무슨 짓들이야? 왜 날 이렇게 공격하는 거야? 당신네들 뭘 원해? 뭘 잃어버렸어? 왜 날 공격하느냐구? 날 어디로 끌고 가는 기야? 날 어디로 데려가는 거냐구? 도와주세요, 도와줘요, 에피담누스 사람들! 여러분, 도와줘요! 날 좀 놔줘, 부탁이니까!

메세니오

전능하신 신들이여! 대체 이게 무슨 일이야? 주인님께서 악당무리들에게 거칠게 끌려가고 계시네!

메내크무스

누가 절 좀 도와주시러 안 오시나요?

메세니오

주인님, 제가 할게요. 제가 저들과 싸울게요. 오, 에피담누스 주민들, 이 끔찍하게 사악한 폭행을 보세요 — 저의 주인님이, 백주 대낮에, 거리에서 납치되고 있어요, 댁들의 평화로운 도시에서 자유의 몸으로 태어난 방문객이 납치되고 있다구요! 이 악당들아, 그분을 내려놓아라!

메내크무스

메세니오를 낯선 이로 생각하면서

고마워요, 이봐요, 댁이 누군지는 몰라도; 제발, 날 도와줘요; 저 놈들이 나한테 이런 난폭한 짓을 못하게 해주시오.

메세니오

제가 주인님을 도와드리고, 방어해드리고, 주인님을 위해서 싸울게요. 전 주인님께서 돌아가시는 걸 그냥 두고 보지 않을 거예요 — 차라리 제가 먼저 자살을 하지. 그렇지요, 팔로 나리를 붙잡고 있는 그 놈 — 그 놈의 눈을 두들겨 패서 뽑아버려요 전 이 녀석들 얼굴에다 주먹질로 때려 박을게요 . . . 네가 이 분을 채가려고 해. 그러면 너한테 더 안 좋을 걸. 그 분을 내려놓으라니까!

메내크무스

난 이 녀석의 눈 속에다 내 손가락을 박았어.

메세니오

그 자식 대갈통에 눈구멍만 남게 해요. 이 악당 놈들아! 도둑놈들아! 폭력배 놈들아!

노예들

사람 살려! 도와줘요!

118

메세니오

그 분을 놓아드려!

메내크무스

어디라고 감히 날 공격해!

메세니오에게

저 자식들 껍질을 벗겨 놓으라구!

노예들은 이쯤해서 패주하여 도망친다.

메세니오

꺼져버려, 이 자식들아; 지옥으로 꺼져버리라구.

그들 중 맨 마지막 하인을 주먹으로 때리면서

자 여기 한 방 먹어라. . . 꼴찌에게 주는 상이다. . . 제가 그 녀석들
얼굴에다 잘 먹여놨지요? 원 없이 실컷 패 놓았으니까요. 나리, 제
가 때마침 여기 도착해서 나리를 도와드린 게 정말 다행이에요

메내크무스

당신에게 신의 가호가 있기를, 착한 양반 —

방백으로

당신이 누구인지는 몰라도 당신이 아니었더라면, 난 틀림없이 오
늘이 끝장나는 걸 볼 뻔했다는 생각이 드는구려.

메세니오

주인님, 제가 이런 일을 해낸 뒤에도 절 자유롭게 해주시는 걸 거
절하실 수는 없으시겠지요.

메내크무스

내가? 당신에게 자유를 준다고?

메세니오

　그럼요, 나리, 제가 나리의 목숨을 구해드렸으니까요

메내크무스

　무슨 뜻이오? 이봐요, 댁은 뭔가 오해를 하고 있어요

메세니오

　제가요? 어째서요?

메내크무스

　하늘에 계신 주피터 신께 맹세코, 댁은 나의 노예가 아니오

메세니오

　말도 안돼요 −

메내크무스

　진심으로 하는 말이오 − 나의 노예 중 아무도 당신이 날 위해 했던 것만큼 내게 해 준 사람이 없소.

　　　　　메세니오는 잠시 당황한다: 그런 다음, 메내크무스의 말을 믿으면서

메세니오

　나리 말씀은. . .? 제가 이제 더 이상 나리의 노예가 아니라구요? 그렇다면, 제가 자유롭게 될 수 있다구요?

메내크무스

　댁은 댁이 원하는 곳은 어디든지 자유롭게 갈 수 있는 내 허락을 받은 거요.

메세니오

　나리, 그건 명령이신가요?

메내크무스

　댁에게 명령 내릴 수 있는 권한을 내가 가지고 있는 한에서는, 이건 확실히 명령이오

메세니오

한때는 주인님이셨고, 이제는 나의 후원자가 되신 분, 만세!

마치 그의 주인의 친구들에게

축하를 받고 있는 것처럼, 혼자서 악수를 하면서

'축하하네, 메세니오, 자네의 해방을'. . . '고맙습니다, 나리, 대단히 고맙습니다.'[41] . . . 하지만 이봐요, 주인님. . . 제발, 저를 위해서라도, 제가 나리의 노예였을 때와 똑같이 저에게 계속 명령을 내려주세요. 전 여전히 나리와 함께 계속 살기를 원합니다. 나리께서 고향에 가실 때 저도 나리와 함께 고향에 가겠습니다.

메내크무스

설마 그렇게는 하지 않겠지!

메세니오

제가 여인숙에 후다닥 가서, 짐하고 나리의 돈주머니를 가지고, 여기에 다시 올게요. 우리의 여행 밑천이 들어있는 돈주머니는 가방 안에 넣어서 안전하게 봉해두었어요; 제가 그걸 당장 여기에 다시 가져올게요.

메내크무스

즐거워하며

좋고 말고, 그렇게 하게.

메세니오

나리께서 제게 주셨던 돈 그대로 모두 고스란히 있는 걸 보시게 될 거예요. 여기서 기다리세요.

---

41) 메세니오는 자신이 노예에서 해방된 것을 축하해주는 동료가 옆에 아무도 없기 때문에 그 의식을 흉내내면서 스스로 자축한다.

그는 급히 떠난다.

메내크무스

오늘은 참 이상한 일만 생기고 그것도 틀림이 없으니! 처음에는 나더러 내가 아니라고 하더니, 그런 다음에는 내가 문 밖에서 거리로 내쫓기고, 그러더니 이제는 이 친구가 와서 자기가 나의 노예라고 하길래, 내가 해방시켜 주었더니, 나에게 돈이 가득한 돈주머니를 가져다주겠다고 말하니! 만일 그렇게 하면, 난 그자에게 다 청산하고 그가 원하는 대로 자유의 몸이 되어 어디든 원하는 곳으로 가라고 확실하게 말할 거야. 난 그가 제 정신이 들게 되면 그 돈을 다시 돌려달라고 요구하러 오는 걸 원치 않거든. 그리고 그 의사와 장인 어른께서는 나보고 제정신이 아니라고 말씀하셨는데. 난 도무지 이해가 안가. 그건 악몽 같아. . . 어쨌든, 내 애인이 나에게 기분이 언짢아있긴 하지만, 가서 그녀 집을 다시 방문해야겠어, 그래야 그녀를 구슬려서 마누라의 옷을 내가 돌려 받을 수 있도록 할 수 있을 테니까.

그는 에로티움 집의 문을 두드린다, 그리고 들어간다.
메세니오는 얼마가지 않아 그의 진짜 주인을 다시 만난다.
그리고 그들은 다시 되돌아온다.

소시클레스

너 지금 건방지게 내게 말하는 거냐, 우리가 여기서 헤어진 이후로 네가 오늘 다른 곳에서 날 만났었고, 그리고 내가 너에게 이곳에 다시 와서 나를 만나자고 그랬다고?

메세니오

뭐라고요, 이 집 앞 여기에서 방금 전에 나리를 채가려고 했던 네 명의 사내들로부터 제가 나리를 구해드리지 않았어요? 그리고 나리께서 천지에 대고 도와달라고 아우성치고 계실 때, 제가 마침 여기에 당도해서, 그렇게 많은 놈들을 제치고 제 주먹심으로 나리를 안전하게 구해드렸잖아요. 그랬더니 나리께서는 생명을 구해주었다고 저에게 자유를 주셨지요. 그러고 나서 제가 돈과 짐을 가지러 간다고 말씀드렸는데, 그 사이에 나리께서는 지름길로 오셔서 도중에서 이렇게 저를 붙잡으시고는 그런 일이 하나도 안 일어난 척 하시는군요.

소시클레스

내가 널 해방시켜주었다고 말하는 거야?

메세니오

분명히 그러셨죠.

소시클레스

오 맙소사, 아니라니까, 내가 너를 내 소관에서 벗어나게 하느니 차라리 내가 네 노예가 될 테니까 안심하라구.

> 메내크무스가 에로티움의 집에서 나온다,
> 안에 있는 누군가에게 자리를 뜨면서 내뱉는 악담을 하면서

메내크무스

난 오늘 여기에서 옷하고 팔찌를 받은 적이 없다구; 그렇게 하고 싶다면 네 번들거리는 눈에다 걸고 내가 받아갔다고 맹세해 보라구, 그래 봤자 사실은 달라지지 않을 걸 ― 계집들이라니!

메세니오

신들이여 저희들을 지켜주소서! 내가 보고 있는 게 뭐야?

소시클레스

뭘 보았는데?

메세니오

나리의 살아 있는 초상을요.

소시클레스

무슨 뜻이냐?

메세니오

나리와 꼭 닮은 사람이요. 두 개의 완두콩처럼 똑같이 생겼어요

소시클레스

확실히 놀랄만하게 꼭 닮았네 – 내가 어떻게 생겼는지를 말할 수 있는 한에서는.

메내크무스

메세니오를 보면서

댁이 누군지는 몰라도, 나를 구해 준 양반, 오 여기서 다시 뵙는구려.

메세니오

죄송합니다만, 젊은 나리, 아무쪼록 댁의 성함을 말씀해 주십시오 . . 제발. . . 이의가 없으시다면.

메내크무스

휴우, 이런, 댁이 나를 위해 해 준 일이 있는데 내가 웬 불평을 할 수 있겠소 내 이름은 메내크무스요.

소시클레스

하지만 그건 내 이름이요!

메내크무스

난 시라큐스 출신의 ― 시칠리아 섬 사람이오.

소시클레스

거긴 내 고향이오.

메내크무스

설마, 정말이오?

소시클레스

사실이오.

메세니오

이제 완전히 당황하며, 방백으로

그렇구나, 이제야 난 저 분[메내크무스]을 알겠어; 그 분이 나의 주인이시지; 난 그 분의 노예이고, 하지만 난 저 다른 양반의 노예라고 생각했었거든.

메내크무스에게

사실은, 나리, 전 이 분이 나리인 줄 알고 . . 그래서 전 저 양반에게 폐를 조금 끼쳐드린 것 같아요.

소시클레스에게

나리, 제가 고의가 아니게 나리께 어리석은 말씀을 드렸다면, 절 용서해주시길 바랍니다.

소시클레스

넌 완전히 말도 안 되는 소리를 하고 있는 것 같구나. 넌 오늘 여기에서 나와 함께 상륙한 것 기억 안나?

메세니오

제가 그랬다구요? 그래요, 당신 말씀이 확실히 맞아요. 그렇다면 당신이 저의 주인님이신 게 틀림없어요.

메내크무스에게

나리, 나리께서는 다른 노예를 찾아보셔야만 되겠네요.

소시클레스에게

나리, 만나 뵈어서 기뻐요.

메내크무스에게

나리, 안녕히 가십시오. 당연히, 이 분이 메내크무스이시지요.

메내크무스

하지만 내가 메내크무스야.

소시클레스

무슨 말씀을 하고 계시는 겁니까? 당신이 메내크무스라고요?

메내크무스

확실히 그래요. 모스쿠스의 아들, 메내크무스이지요.

소시클레스

저의 아버님의 아들이라구요?

메내크무스

그게 아니라, 여봐요, 저의 아버님의 아들이라니까요. 난 당신의 아버님을 내 아버지라고 주장하고 싶지도 않고, 당신 아버님을 가로채고 싶지도 않아요.

메세니오

하늘의 신들이시여!

그는 옆으로 멀찍이 간다

오, 신들이시여, 제가 지금까지 바랄 수 있었던 것보다 더 많이 – 제가 기대하고 있는 일이 실현되게 하옵소서! 만일 제가 실수하고

126

있는 것이 아니라면, 이 분들은 쌍둥이 형제입니다. 두 분 모두 똑같은 아버지와 고향을 주장하고 있습니다. 우리 주인님께 따로 말씀드려야. . . 메내크무스 나리!

메내크무스와 소시클레스

　응?

메세니오

　아니요, 두 분을 모두 부른 게 아니고요. 저랑 함께 배를 타고 이곳에 오신 분 말이에요

메내크무스

　난 아니네.

소시클레스

　그래, 나지.

메세니오

　그렇다면 나리시네요. 이봐요, 제발 이리 와 봐요

소시클레스

　여기 있다. 왜 그래?

메세니오

　나리, 저 사람은 사기꾼이거나 – 아니면 나리의 쌍둥이 형님입니다. 두 사람이 이보다 더 똑같이 생긴 것을 결코 본적이 없지요; 나리하고 저 분 – 저 분하고 나리 – 물이 물 꼭 그대로이고 우유가 우유 꼭 그대로인들, 두 분만큼은 아니에요. 게다가, 저 분은 나리와 똑같은 고향 출신이며, 똑같은 아버님을 가졌다고 그러시잖아요. 가서 저 분께 좀 더 여쭤봐야겠어요.

소시클레스

신들에 맹세코, 메세니오야, 그것, 좋은 생각이구나. 고맙구나. 계속 해 봐, 내 옆에 서서, 해봐라. 만일 네가 저 사람이 나의 형이라는 걸 밝혀내면, 넌 자유인이 되는 거다.

메세니오

그게 제가 바라는 것이에요.

소시클레스

나도 그래.

메세니오

메내크무스에게

나리, 죄송합니다만; 나리의 성함이 메내크무스라고 하신 것 같은 데요?

메내크무스

그랬지.

메세니오

그런데요, 이 신사분의 이름도 역시 메내크무스이거든요. 그리고, 나리께서도 시라큐스에서 태어나셨다고 하신 것 같은데요; 저 분도 마찬가지입니다. 그리고 아버님 성함이 모스쿠스라고 하셨죠? 저 분의 아버님도 그렇답니다. 자 이제, 이쯤해서 두 분 모두 저를 위 해서, 그리고 두 분 자신을 위해서 뭔가 해주셔야 하겠습니다.

메내크무스

댁은 당연히 요구할 만한 일을 했소, 그러니 댁이 원하는 것은 무 엇이든지 청을 들어주어야지. 난 자유인이네만, 댁이 돈을 주고 날 노예로 산 것처럼 댁에게 기꺼이 봉사하겠소.

128

메세니오

　나리, 전 두 분께서 같은 부모님과, 같은 태생일을 가지고 있는 쌍둥이 형제라는 것을 밝혀내리라는 희망으로 부풀어 있습니다.

메내크무스

　그건 마치 기적처럼 들리는구만. 그 약속을 이행할 수 있길 바라오

메세니오

　할 수 있고 말고요; 두 분께서 저의 질문에 친절하게 답변을 해주신다면야.

메내크무스

　지체말고 질문하시오. 내가 알고 있는 것은 뭐든지 말해줄 테니까.

메세니오

　나리의 이름은 메내크무스이지요?

메내크무스

　그렇소

메세니오

　그리고 나리의 이름도 똑같고요?

소시클레스

　그야 그렇지.

메세니오

　그리고 댁의 아버님이 모스쿠스라고 말씀하셨지요?

메내크무스

　틀림없지.

소시클레스

　나의 아버님도 마찬가지였소

메세니오

　댁은 시라큐스 분이시죠?

메내크무스

　그렇소.

메세니오

　그리고 나리도요?

소시클레스

　내가 그렇다는 건 네가 알잖아.

메세니오

　좋아요. 여기까지는 모든 징조들이 일치합니다. 자 이제 좀 더 깊이
　있는 요지들을 여쭤볼게요. 고향에서 살던 기억 중에서 가장 어렸
　을 때의 일이 무엇인지 말씀해 보실래요?

메내크무스

　아버님께서 사업차 나를 타렌툼으로 데려가신 일이며, 내가 어느
　날 인파 가운데 아버지를 잃어버리게 되어, 납치 당하게 된 일을
　기억하오.

소시클레스

　전능하신 주피터 신이시여, 저를 지켜주시옵소서!

메세니오

　제발, 탄성은 그만하시고요. 나리가 말씀하실 차례를 기다리세요 .
　. . 아버님과 함께 고향을 떠나셨을 때 나이가 몇 살이셨죠?

메내크무스

　일곱 살이었소. 나의 이가 처음으로 막 빠지기 시작할 때였으니까.
　그때 아버님을 마지막으로 뵌 거였소

메세니오

　다음 질문: 그 당시에 아버님은 아들을 몇 명 두셨지요?

메내크무스

　내가 기억하기는 두 명이었소

메세니오

　나리와 그리고 또 다른 아들이라 – 누가 형이셨죠?

메내크무스

　누가 형이랄 것도 없소

메세니오

　없다구요? 어떻게 그럴 수가 있어요?

메내크무스

　우린 쌍둥이였소 – 우리 둘은.

소시클레스

　신들이여 찬양 받으실지어다, 나는 구원받았도다!

메세니오

　만일 나리께서 계속 방해하실 거면, 전 그만 두겠어요

소시클레스

　안 되지, 제발, 조용히 할게.

메세니오

　자 이제 말씀해 보세요, 쌍둥이 형제는 둘 다 똑같은 이름이었나요?

메내크무스

　오, 아니오; 난 지금도 여전히 그렇듯이, 메내크무스였고; 나의 아
　우는 소시클레스로 불리었소

소시클레스

　그것으로 만사해결 난 거야! 이제 더 이상 이 분을 껴안는 걸 참을

수 없어. 형님, 나의 쌍둥이 형님, 인사드립니다! 제가 소시클레스
예요.

메내크무스

그렇다면 어떻게 해서 그 뒤로 메내크무스라는 이름을 갖게 된 거
요?

소시클레스

형님을 잃어버리고 아버님이 돌아가셨다는 소식이 전해진 뒤에, 할
아버지께서 형님 이름을 따서 제 이름을 메내크무스라고 고쳐 부
르셨던 거예요.

메내크무스

그럴듯하게 들리는데. 한 가지만 더 말해주시오.

소시클레스

뭐요?

메내크무스

어머님 이름은 무엇이었소?

소시클레스

테욱시마르카.

메내크무스

틀림없어! 신의 축복이 있길, 내 아우야! 잃어버린 줄 알고 포기했
다가 이렇게 많은 세월이 지난 후에 다시 찾다니!

소시클레스

형님, 신의 가호가 있길 바래요 드디어 슬프고 지친 탐험을 끝내고
형님을 찾게 되어 기뻐요.

메세니오

그 여자가 나리를 나리의 형님 이름으로 부르면서 점심에 초대했던 이유를 이제야 알겠어요. 그 여자는 나리가 저 분인 줄로 생각했던 게 틀림없다니까요.

메내크무스

저런, 그렇구나, 정확히 맞는 말이야. 내가 오늘 거기에 점심을 차려놓으라고 부탁했었거든. 난 마누라를 몰래 피해 마누라의 옷 중 하나를 빌려다가, 내 애인에게 갖다 주었거든.

소시클레스

이게 형님이 말씀하시는 옷인가요?

메내크무스

바로 그거야. 어떻게 네가 그걸 갖게 되었냐?

소시클레스

형님의 애인이 함께 점심식사 하러 들어가자고 우기면서 제가 자기에게 그 옷을 주었다고 그러더군요. 전 근사한 점심식사를 하고, 술에다 그 여자까지 실컷 즐겼지 뭐예요, 게다가 그 옷하고 금팔찌를 갖고 떠나오게 된 거에요.

메내크무스

네 나름대로 조금이나마 행운을 얻도록 내가 해 준 셈이니 기쁘구나. 그 여자는 분명히 자기가 대접했던 사람이 나라고 생각했던 거야.

메세니오

그런데요, 나리, 나리께서 아까 절 해방시키겠다고 제안하셨던 거 여전히 유효한 거죠?

메내크무스

물론이지, 아주 정당하고 옳은 요청이니까. 아우야, 날 위해서, 인
정해 줄 거지?

소시클레스

메세니오야, 넌 자유인이야.

메내크무스

메세니오, 자유를 얻게 된 걸 축하하네.

메세니오

감사합니다, 두 분 나리님. . .

방백으로

하지만 평생 제가 자유의 몸을 유지하려면 축하인사말 그 이상이
필요할 텐데요.

소시클레스

자, 형님, 우리의 문제를 이렇게 만족스럽게 해결했으니, 함께 고향
으로 돌아가실까요?

메내크무스

아우야, 그렇게 하면 나야 행복하지. 하지만 난 먼저 경매를 열어서
여기에 내가 갖고 있는 걸 다 팔아야겠다. 그 동안에 내 집으로 가
서 널 맞이해야겠구나.

소시클레스

좋아요.

메세니오

좋은 기회를 포착하며

나리 양반들, 제가 한 가지 더 부탁드려도 될까요?

134

메내크무스

　　그게 뭔데?

메세니오

　　저를 나리의 경매인으로 시켜주세요.

메내크무스

　　그러려무나.

메세니오

　　제가 지금 즉시 경매를 공표할까요?

메내크무스

　　오늘부터 일주일 후로 해두자.

메세니오

　　　　　　　　　　　　　　　　　　　　　　　　공표하며

오늘부터 일주일 후 오전에 ― 경매 판매입니다 ― 메내크무스의 소
유물을 경매에 붙입니다 ― 판매에 포함될 것은 ― 노예, 가재들,
집, 토지, 등등에다 ― 그리고 어떤 구매자가 분명 계신다면, 아내도
포함될 겁니다. 이 모든 것들을 협정 기격에, 즉시불로 판매할 겁니
다.

　　　　　　　　　　　　　　　　　　　　　　　속내를 털어놓으며

그런데 이 모든 걸 팔아 오만 냥 ― 이상을 벌어들이게 될지 모르
겠습니다.

여러분, 안녕히 계세요; 여러분들의 큰 박수갈채 부탁드립니다.

　　　　　　　　　　　　　　　　퇴장

작품 설명

　플라우투스의 『쌍둥이 메내크무스 형제』(215-186 B.C.로 추정)는 그의 극들 가운데 가장 잘 알려진 극의 하나로서 셰익스피어의 『실수 연발』(*The Comedy of Errors*)의 원전으로 잘 알려져 있다. 이 극은 그리스 신희극을 모방한 극으로 추정되나 원작이 남아 있지 않기 때문에 얼마만큼 원작을 모방했는지는 알 수 없다. 극의 배경은 앞서 설명한 대로 로마가 아니라 그리스의 북서부에 위치한 에피담누스(Epidamnus)

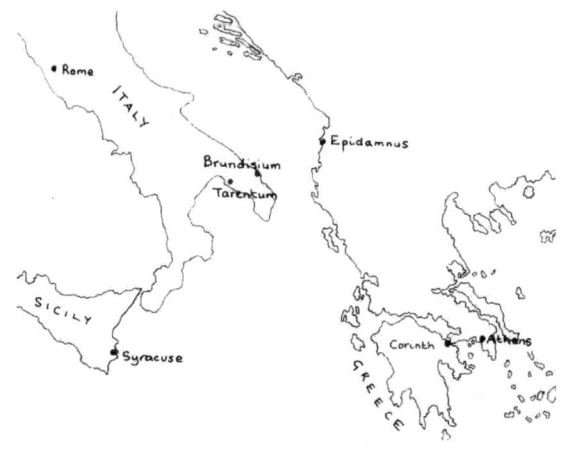

이탈리아 지도

이지만, 극에서 발생하는 사건에는 로마적인 요소가 내포되어 있다. 다시 말해 작가는 그리스 틀에다 로마의 요소 – 로마의 법 제도나 정부 제도가 안고 있는 문제 – 를 접목시키고 있다.

이 극은 빠른 속도로 진행되는 잘 짜여진 구성과, 농담·유머·위트가 넘치는 대사, 그리고 재미있는 노래와 춤으로 생기가 넘친다. 그러나 로마 희극의 특징으로 꼽히는 이러한 소극의 광범위한 에피소드, 조야한 농담과 야단법석 외에도, 동시대 정치에 대한 명백한 암시, 로마법과 관습에 대한 언급, 로마 비극에 대한 패러디 등이 담겨 있다. 또한 기악 반주가 곁들여져 노래로 부르는 대사에서의 음악의 풍부한 사용은 플라우투스의 희극을 그리스 신희극과 구별되게 만든다.

소극으로서 이 극의 플롯은 외모가 똑같은 쌍둥이 형제 중 아우 소시클레스(Sosiscles, 나중에 그의 형의 이름인 메내크무스라는 이름으로 불리게 됨)가 형 메내크무스(Menaechmus)를 찾아 헤매는 과정에서 빚어지는 '사람 잘못 알아보기'(mistaken identity)와 이로 인해 빚어지는 실수연발과 소동, 그리고 최종적인 형제 상봉과 인지(recognition)를 중심으로 되어 있다. 쌍둥이의 등·퇴장으로 인해 요리사 실린드루스(Cylindrus), 정부 에로티움(Erotium), 아내, 장인에 이르기까지 혼동과 오해를 불러일으켜 좌충우돌하는 모습을 보고 관객들은 웃음을 터뜨리게 된다. 쌍둥이의 똑같은 외모 때문에 빚어지는 이러한 좌충우돌의 소동은 그리스극에서도 인기 있던 주제였으며 플라우투스의 다른 희극 –『허풍선이 군인』(Miles Gloriosus), 『바키스라는 두 명의 여자』(Bacchides), 『암피트뤼오』(Amphitryo) – 에서도 찾을 수 있다. 이 극의 주된 아이러니는 에피담누스의 메내크무스가 이미 아내와 정부 사이에서 이중생활을 하고 있는 터에 그의 쌍둥이가 뜻밖에 나타나서 형의 이중생활에 연루됨으로써 대혼란을 야기하며 혼동을 배가시킨다는 것이다. 또한 한 쌍의 쌍둥이 주변에는 소극에서의 정형화된 유형의 인물들이 있다. 뚱뚱한 요리사, 정부, 바가지 긁는 아내, 식객, 거드름 피우는 의사, 화난 장인 등이 그들이다. 또한 나란히 붙어 있는 메내크무스의 집과 정부 에로티움의 집 앞 거리에서 극의 액션이 벌어지도록 제한한 것은 있을 법하지 않은 상황으로서 혼란의 상황을 가중시키며, 많은 문제를 야기할 수도 있지만, 이 극은 너무나 빨리 진행되기 때문에 관객은 그것을 거의 인식하지 못한다.

에리히 시갈(Erich Segal)은 플라우투스의 희극의 목적을 "전형적인 일상으로부터의 해방"을 제공하는 것이라고 정의 내리면서, 이 극에서 쌍둥이 형제는 "축제의 자유와 일상의 구속 간의 갈등"을 나타낸다고 지적한다. 이 극의 결말 부분에서 메내크무스가 에피담누스의 일상에서 그를 구속했던 모든 것을 정리하여 훌훌 털어 버리고 — 심지어 경매를 통해 임자만 나타난다면 아내마저도 져버리고 — 고향으로 돌아갈 결심을 하는 것이야말로 희극이 본질적으로 추구하는 일상의 구속으로부터의 탈출과 해방을 잘 보여주고 있는 것이다.

반면 엘리노 윈저 리치(Eleanor Winsor Leach)는 이 극이 "완전히 인식된 자아를 찾기 위한 인간의 추구"를 상징한다는데 주목하며, 이 극에서 쌍둥이 형제는 "완전한 자아의 분리된 반 쪽"으로서 한 인간의 자기 찾기 과정에서 서로의 반쪽을 발견하는 것으로 설명하기도 한다.

등장인물 분석

플라우투스의 등장인물은 특정 개인에 대한 사실적인 묘사라기보다는 관습적인 유형에 속하는 것으로 이해해야 한다. 각 인물은 어느 한 특정 사회집단이나 계층의 구성원을 대변한다. 16-18세기 이탈리아의 코메디아 델라르테(*commedia dell'arte*)의 관객들처럼 로마 관객은 그들이 이미 다른 극에서 많이 보아왔던 동일한 가면 레퍼토리 – 젊은이, 노인, 노예, 군인, 식객 등 – 를 서로 연관지어 보았을 것이다. 로마 관객이라면 누구나 이러한 유형적 인물의 특성을 잘 알고 있었을 것이므로, 극작가 플라우투스는 이들 유형의 제약 내에서 자유롭게 이러한 인물들에게 지엽적인 부분을 추가하거나 또는 선택적으로 몇몇 특징들을 과장하고 강조함으로써 이들에게 개인성을 덧입힐 수 있었다.

플라우투스의 희극에서 인물이나 배경은 그의 극의 출처인 그리스 극에 바탕을 두고 있다. 따라서 그의 인물들은 그리스인의 정체성과 그리스 이름(출처의 이름과 항상 동일한 것은 아니다)을 지니고 있으며, 이름에는 또한 희극적 함축성이 들어 있다. 이름 자체를 통해서 인물들의 신원을 밝혀주거나 계층의 전형적인 특성을 말해주기도 한다.

■ 메내크무스

이 이름은 그리스어로는 영웅적이고 군사적인 함축이 들어있다. 예컨대 그리스어로 메내크무스(menaichmos)는 '믿음직한 군인'을 뜻한다. 그러나 소시클레스와는 달리 메내크무스의 언행과 그가 사용하는 군사용어는 그 이름이 갖고 있는 원래의 가치를 희화화할 뿐이다. 그는 인물 유형 가운데 '젊은이'의 계층에 속하는 신희극의 일반적인 영웅이며 신희극의 플롯은 대개 이들의 사랑의 모험에 집중되어 있다. 하지만 이 극에서 메내크무스가 아내로부터 옷을 훔쳐내 그것을 정부에게 가져다주는 행위를 설명할 때 군사용어를 써가면서 스스로를 영웅에 비유하는 모습은 그의 반영웅(anti-hero)적 모습을 더욱 부각시킬 뿐이다. 메내크무스에게는 희극의 다른 젊은이들을 괴롭히는 자금의 부족 문제라든가 애정문제에 있어서 부모의 반대라는 문제가 전혀 없는 반면에, 지참금을 많이 가지고 시집왔다는 이유로 강짜부리는 아내가 끊임없이 의심과 감시를 하기 때문에 정부 에로티움과의 관계에서 애를 먹는다.

메내크무스는 원래는 시라큐스 태생이지만 어릴 때 상인인 부친을 따라 타렌툼에 왔다가 미아가 되어 그곳에서 에피담누스 상인에게 입양되었다. 그는 많은 재산을 유산으로 받은 데다 지참금 많은 아내까지 맞이하여 넉넉한 생활을 하고 있다. 플롯 전개상 그는 시라큐스에 도착한 쌍둥이 아우 소시클레스의 출현으로 그가 피하고자하는 상황으로 계속 내몰리면서 일견 수동적으로 보일 수 있다. 하지만 그가 에로티움에게 갖다 주기 위해 아내의 옷을 훔친 행위에서 보여주듯이, 필요하다면 언제든지 기회주의자가 될 수 있는 인물이다. 그에게는 아내에 대한 정조도 의무도 없다는 사실은 극의 마지막 경매 공고에서 그가 아내까지도 경매에 부치겠다고 선언한 것에서 드러난다.

■ 소시클레스

메내크무스의 쌍둥이 아우인 소시클레스는 조부에 의해 이름이 형의 이름인 메내크무스로 바뀌게 된다. 그는 오로지 형을 찾아야겠다는 일념으로 아직 결혼도 하지 않은 채 하인 메세니오와 함께 지중해 연안 곳곳을 6년째 찾아 헤맸다. 그를 향한 에로티움의 알 수 없는 구애를 단지 실성한 여자의 소행으로 그냥 가볍게 여기며 밑져야 본전이라는 식으로 그 기회를 받아들이고 즐기는 현실주의자이다.

이들 쌍둥이에게는 의미 있는 성격상의 구분이 없다. 단 플롯에서 유추할 수 있는 주된 차이로는 소시클레스가 대개 사건의 주도권을 쥐고 있으며 메내크무스는 그 결과를 감당한다는 것이다. 극의 첫 부분에서는 잃어버린 형을 찾아 나서는, 칭찬할만한 동기를 지닌 젊은이로 제시되었지만 소시클레스는 메내크무스의 신분을 대신하여 그가 만나는 낯선 이들을 이용하고 모욕하는 무책임한 기회주의자의 면모 또한 보여준다.

■ 페니쿨루스

그의 이름은 식탁 위의 부스러기를 닦아내는 '솔'이란 뜻이며 그의 별명은 '스펀지'이다. 그는 메내크무스가 제공하는 음식과 술에 붙어먹고 살기 위해 자발적으로 기꺼이 주인에게 종속된 삶을 선택한 식객이다. 그는 신희극의 판에 박힌 등장인물의 유형 가운데 하나이다. 희극의 한 유형으로서 식객의 인기는 그의 희극적 잠재력을 말해준다. 전통적으로 가난한 식객은 부유한 후원자에게 빌붙어 그에게 아첨하고 그의 비위를 맞춤으로써 그에게 쓸모 있는 존재가 되기도 하며, 공짜 음식으로 인해 이득 볼 가망이 있는 한 후원자의 학대를 기꺼이 감수하기도 한다. 그러나 그가 주인으로부터 식사의 기회를 박탈당했다고 판단했을 때 주인의 아내에게 모든 것을 즉각 고자질해버림으로써 복수를 할 정도로 식탐에만 집착한다. 음식에 대한 그의 편집적인 관심은 축제희극의 먹고 마시는 흥겨운 축제를 묘사하고 도입하기 위한 여지를 제공한다.

■ 에로티움

그리스어 에로스(eros)에서 유래한 그녀의 이름은 창녀라는 그녀의 직업에 어울린다. 에로티움과 메내크무스와의 관계는 겉으로는 낭만적인 듯하지만 그녀가 메내크무스와의 관계에서 진정 원하는 것은 물질

(돈)이다. 아테네에서는 젊은이들이 정부에게 출입하는 것이 허락되었다. 그러므로 에로티움처럼 자기 집을 소유한 창녀들은 될 수 있는 한 계약 관계를 맺은 많은 연인들로부터 받은 선물과 재정적 후원으로 생활을 유지하면서 그들 젊은이들에게 향연 장소를 제공하였다. 에로티움에게 메내크무스라는 존재는 단지 지갑을 털리게 할 ― 옷과 팔찌를 얻어낼 ― 손님일 뿐이다. 그러므로 궁지에 몰린 그가 아내의 옷을 다시 돌려달라고 간청할 때 그녀는 수중에 현금 없이는 다시는 그녀의 집에 올 수 없다며 지체 없이 그를 거리로 내쫓는다.

■ 메세니오

소시클레스의 충실하고 영리한 하인으로, 그의 이름은 그리스 본토의 펠로폰네세(Peloponnese) 소재 메세네(Messene) 출신의 사람을 뜻한다. 그는 여러 가지 면에서 메내크무스의 하인 페니쿨루스와 비교된다. 극의 초반에서 그의 주인에게 에피담누스의 위험성을 알려주고 충고해주는 현실적인 양식과 사려분별을 보여준다. 그러나 소시클레스는 이를 간과하고 모험 속에 뛰어든다. 메세니오는 쌍둥이 형제의 재회와 인지 장면을 지혜롭게 주도하며, 그 공로로 자유의 몸이 된다.

144

■ 실린드루스

그는 그리스어로 '반죽을 미는 밀대'를 뜻하는 '롤러'(roller)라는 희극적인 이름을 지닌다. 일반적으로 플라우투스 극의 요리사들은 허풍과 다변, 그리고 고용된 주인집에서 좀도둑질하는 성향 등으로 희극적인 순간을 제공하기도 한다.

■ 하녀

에로티움의 하녀로 잠시 동안 출연하며 고유한 이름은 없다. 플라우투스의 몇몇 다른 극의 하녀들처럼 세상물정에 밝은 재치를 갖고 있다.

■ 아내

'지참금을 지닌 아내'는 희극의 인물 유형 중 하나이다. 신희극에서는 결혼제도에 대해서 뿐만 아니라 돈 많은 아내의 질투심, 포악성, 방종에 대한 불평이 많이 들어 있다. 그녀는 고유한 이름이 없이 단지 아내로 불린다. 지참금을 많이 가지고 결혼한 자신의 권리를 지켜나가기 위해 창녀와 바람난 남편에게 불평과 잔소리를 늘어놓는다. 불쾌할 정도로 남편을 감시하고 바가지를 긁기 때문에 그녀가 고통 당하고 곤경에 빠진 피해자가 될 때조차도 관객의 동정을 그다지 많이 받지 못한다. 따라서 현대 여성의 관점에서 본다면 그녀는 이중의 피해자이다. 극의 결말 부분의 경매 공고문에서 남편에게 버림받는 아내임이 암시되어 있다.

■ 아버지

아내의 아버지이자 메내크무스의 장인어른이다. 이 극에서는 젊은 아내의 아버지로서의 전형적인 역할은 주어지지 않는다. 일반적으로 플라우투스 극에 등장하는 노인은 방종한 젊은 연인들에 대해 경계를 늦추지 않는 아버지로서, 특히 결혼 적령기 딸의 아버지로서 역할을 가지고 있다. 또 다른 유형으로는 여자 뒤꽁무니를 따라 다니는 남편의 역할이 있다. 그러나 이 극에서 노인은 신체적 허약함 외에 뚜렷한 특징이 없다. 사위의 바람기를 두둔하는 남성중심적 시각을 드러낸다.

■ 의사

의사는 군인, 식객, 노예 상인 등의 다른 전문적 유형들과 비교된다. 그는 구희극의 알라존(alazon)의 후예의 계열에 자리매김할 수 있다. 이들은 전문적 지식으로 이득을 취하려고 애쓰는 허풍쟁이 위선자들이다. 그가 실성한 사람으로 오해받는 환자를 진단한답시고 종잡을 수 없이 장황하게 묻는 질문은 그가 돌팔이 의사임을 드러내준다.

에피소드별 내용분석과 해설

본 번역본이 텍스트로 삼은 *The Pot of Gold and Other Plays* (Middlesex: Penguin, 1972)에 실린 이 작품의 영역본 *The Brothers Menaechmus*에는 플라우투스의 원전에서처럼 막의 구분은 없고 ★ 표로만 극의 에피소드를 구분해 놓았다. 본 해설에서는 ★ 표를 막 구분으로 대신한다.

서막(Prologue; 이 책 20-25 페이지) 고대 비극과 희극에서 서막은 관객들에게 극을 소개하는 편리하고 관습적인 장치였다. 서막은 플롯을 개괄적으로 설명해주고, 등장인물들을 소개해주며, 액션의 배경을 밝혀준다. 그러나 이 극의 서막에서는 이 극의 출처인 그리스극 원전의 제목과 작가명은 밝혀지지 않았다. 이 극에서 서막을 전하는 나레이터는 관객들이 플라우투스의 극에 몰입하도록 주의를 집중시킨 후, 이어서 관객들이 극의 내용을 쉽게 이해할 수 있도록 극의 플롯을 개괄적으로 요약해준다. 관객을 향한 나레이터의 태도는 시종일관 희극의 분위기를 점차 고조시키는 방향으로 나아간다. 관객에게 농담을 하기도 하며, 본 극의 줄거리를 설명하는 도중에 갑작스럽게 관객들에게

사적이고 친밀한 이야기를 건네기도 한다.

그는 시라큐스에서 태어난 일란성 쌍둥이 소시클레스와 메내크무스가 일곱 살 때 헤어지게 된 연유를 말해준다. 사업차 에피담누스로 가면서 아들 메내크무스를 데려갔던 쌍둥이의 아버지는 축제가 열리고 있던 복잡한 타렌툼에서 아들을 잃어버리게 되고, 때마침 그곳을 찾은 에피담누스 상인이 그 아이를 데려가서 입양했다. 아이를 잃은 아버지는 슬픔을 이기지 못하고 타렌툼에서 죽었다. 그의 사망 소식이 시라큐스에 전해지자 시라큐스에 남아 있던 소시클레스의 할아버지는 손자의 이름을 잃어버린 손자의 이름으로 고쳐 메내크무스로 불렀다. 한편 원래의 메내크무스는 그를 데려갔던 에피담누스 상인의 집에서 양자로 성장한다. 에피담누스 상인은 메내크무스를 지참금 많은 아내와 혼인시키고 죽을 때 많은 유산을 상속했다. 메내크무스로 개명된 소시클레스 역시 이제 성인이 되어 그의 형을 찾아 나섰다.

나레이터가 전해주는 이 극의 플롯은 신희극 플롯의 전형적인 기본원칙 — 쌍둥이, 다른 나라로 여행하는 상인, 아이 잃어버리기, 축제와 예기치 않은 사건(납치, 입양 등)이 벌어질 가능성 — 등이 들어 있다.

1막(77-225행; 이 책 25-41 페이지) 식객 페니쿨루스는 그의 후원자인 메내크무스가 맛있는 음식을 실컷 먹을 수 있는 저녁식사에 자신을 초청해줄 것을 기대하면서 메내크무스의 집으로 향하고 있다. 페니쿨루스가 메내크무스의 집에 당도할 무렵, 아내와 말다툼을 벌이다 집 밖으로 나오던 메내크무스를 만난다. 메내크무스는 집을 나오면서 아내에게 자신의 일거수일투족을 일일이 귀찮게 감시하고 잔소리하는 일을 그만두지 않으면 이혼하겠다고 윽박지르는데, 그의 겉옷 속에 훔친 아내의 옷을 끼여 입고 있다. 그는 아내 몰래 훔친 그 옷을 자신의 정부 에로티움에게 선물로 주고 그 대가로 페니쿨루스와 함께 그녀의 집에서 점심식사를 멋지게 즐길 작정을 한다. 그는 점심 상만을 하도록 부탁하기 위해 옆집 에로티움의 집으로 간다. 그들은 식사준비를 주문한 후 요리가 준비될 동안 광장을 다녀오기 위해 떠나고, 에로티움은 요리사 실린 드루스를 시장으로 보내 점심식사용 음식을 사다가 장만하라고 서둘러 재촉한다.

1막에서는 자신의 식탐을 만족시키기 위해 스스로 노예의 길을 택한 식객의 음식에 대한 집착, 자신의 정부에게 선물로 주기 위해 아내의 옷을 훔쳐낸 메내크무스의 이중생활과 뻔뻔스러움, 그리고 지참금을 지니고 결혼한 로마 시대의 바가지 긁는 아내의 위상을 엿볼 수 있다.

여기서 주목할 만한 사실은 플라우투스가 메내크무스를 반-영웅으로 희화화하고 있다는 점이다. 메내크무스는 아내의 옷을 훔친 자신의 행위를 적군에게서 전리품을 강탈해온 행위로 미화하며 군사용어를 들먹이고, 제우스와 헤라클레스 등의 그리스의 영웅의 행적에 비유한다. 그러나 그의 영웅주의는 식객의 빈정거리는 대사에서 드러나듯, 기껏해야 아내의 옷을 자신의 옷 속에 몰래 끼여 입고 있는 우스꽝스러운 여장 남자의 모습으로 전락한다.

★

2막(226-445행; 이 책 42-63 페이지) 이제 비로소 소시클레스가 그의 노예 메세니오와 함께 에피담누스에 도착한다. 그들은 6년 째 지중해 연안을 돌며 소시클레스의 잃어버린 형을 찾고 있는 중이다. 소시클레스는 메세니오의 만류에도 불구하고 자신의 형을 찾는 일을 절대 포기할 수 없다고 말한다. 메세니오는 주인에게 에피담누스 사람들의 속임수, 소문이 자자한 창녀들, 사기행각을 조심할 것을 알려준다. 이 때 그들은 시장에서 음식거리를 장만해오던 실린드루스를 만나는데, 실린드루스는 소시클레스를 메내크무스로 잘못 알아본다. 여기서부터 쌍둥이 형제의 똑같은 외모로 인한 혼란이 시작된다. '사람 잘못 알아보기'의 첫 번째 사건이 시작되는 것이다. 자신의 말에 대해 동문서답하는 소시클레스의 반응에 대해 약간 어리둥절하던 실린드루스는 집에 들어가 마님 에로티움에게 그녀의 애인이 점심식사를 위해 이미 도착했노라고 알려준다. 그녀 역시 소시클레스를 메내크무스로 잘못 알아보고 환대한다. '사람 잘못 알아보기'의 두 번째 예이다. 에로티움의 태도에 당황한 소시클레스는 이어지는 대화를 통해 그녀가 자신의 이름과 출생지를 정확하게 말하자 더욱 더 당황한다. 환대를 받고 공짜 점심을 대접받은 데다 옷을 가지고 달아날 수 있는 기회마저 얻은 소시클레스는 메세니오의 만류에도 불구하고 에로티움이 하라는 대로 따를 것을 결심하고 그녀의 집으로 들어간다. 소시클레스의 실리주의적인 면모를 엿볼 수 있는 부분이다. 또한 주인의 주머니 사정과 안전,

그리고 주인의 현명한 판단과 처신을 위해 조바심 내며 진심으로 걱정하고 충고하는 메세니오의 충실한 면모 또한 돋보인다.

★

3막(446-700행; 이 책 63-90 페이지) 3막에서는 세 번째 '사람 잘못 알아보기'로 인해 혼란이 가속화된다. 메내크무스와 함께 광장에 갔었던 페니쿨루스는 공공집회 때문에 그 곳에서 주인을 놓치게 된 것을 분통해하며 혼자 투덜대며 돌아온다. 그런데 때마침 에로티움의 집에서 수선을 부탁 받은 옷을 들고서 막 나오는 소시클레스와 마주친다. 페니쿨루스는 소시클레스를 메내크무스로 잘못 알아본다. 페니쿨루스는 메내크무스가 자신을 빼놓고 에로티움 집에서 혼자서만 점심을 먹고 나오는 중이라고 오해하고서 분개하여 소시클레스에게 욕을 퍼붓는다. 설상가상으로 소시클레스가 자신의 불평을 대수롭지 않게 여기면서 무시해버리자 페니쿨루스는 배신감에 치를 떨며 메내크무스가 그동안 에로티움과 몰래 바람피운 사실을 그의 아내에게 폭로함으로써 복수할 결심을 하며 메내크무스의 집으로 간다. 한편 에로티움이 메내크무스에게서 선물로 받은 옷을 양재사에게 맡겨 수선해달라고 소시클레스에게 부탁한 것 외에도 그녀의 하녀는 그에게 팔찌를 보석상에 가져가서 금을 더 넣어 세공해 줄 것도 부탁한다. 소시클레스는 횡재를 만난 듯 기뻐하며 자신에게 맡긴 옷과 팔찌를 팔아치운 다음 에피담누스를 빨리 빠져나갈 다짐을 한다.

소시클레스가 메세니오를 찾으러 떠난 후에 메내크무스는 뒤늦게 집에 돌아온다. 메내크무스는 페니쿨루스와 함께 광장에 갔다가 자신의 예속 평민을 변호하느라 재판에 개입되는 바람에 에로티움이 마련한 멋진 점심 잔치상을 놓치게 된 것은 물론이고 하루를 허비했다고 분통해한다. 로마 시대 당시의 법 제도 및 관습을 엿볼 수 있는 부분이다. 이때 그는 페니쿨루스로부터 저간의 모든 내막을 전해 듣고서 분개한 그의 아내와 마주친다. 여기서부터 메내크무스는 그 동안의 자신의 이중생활 뿐 아니라 소시클레스가 앞서 행한 일 때문에 혼란에 말려들어 그 결과를 감당해야만 한다. 메내크무스의 결혼생활과 이중생활 두 가지 모두가 위기에 봉착하게 되는 것이다. 메내크무스는 추궁하는 아내에게 옷을 집 밖으로 훔쳐간 적이 절대 없다고 시치미를 떼다가 결국 자신이 옷을 훔쳐간 것이 아니라 단지 빌려준 것뿐이라며 궁색한 변명을 늘어놓는다. 아내는 옷을 다시 찾아오지 않으면 절대로 그를 집안에 들여놓지 않겠다고 으름장을 놓는다. 하는 수 없이 메내크무스는 에로티움을 찾아가 아내의 옷을 돌려 달라고 간청한다. 에로티움은 메내크무스라고 생각했던 소시클레스에게 이미 그 옷의 수선을 부탁하며 넘겨준 터라 어이없어 하면서 메내크무스가 그 옷을 다시 빼앗아가기 위해 그녀에게 수작을 부리는 것이라고 생각한다. 화가 난 그녀는 그를 집 밖으로 내쫓아 버린다. 영문을 몰라 당황한 메내크무스는 시장 쪽으로 가버린다. 메내크무스의 아내로부터 고자질의 대가로 뭔가 보상을 기대했던 페니쿨루스는 가망이 없어지자 그 부부를 저주하며 떠난다.

4막(701-881행; 이 책 90-106 페이지) 4막 역시 네 번째 '사람 잘못 알아보기'로 인한 혼란이 점입가경에 이른다. 소시클레스는 옷을 든 채로 여전히 메세니오를 찾으면서 거리에 들어선다. 그를 본 아내는 그녀의 남편 메내크무스가 애인에게 주었던 옷을 드디어 되찾아온 것으로 오해하고 그를 기쁘게 맞이한다. 엉문을 모르는 소시클레스가 모든 것을 부인하면서, 심지어 그녀가 누구인지조차 알지 못한다고 우겨대자 그녀는 흥분하여 친정아버지를 모셔오도록 사람을 보낸다.

아버지는 결혼에 관한 자신의 견해를 중얼거리며 딸네 집으로 허겁지겁 발길을 재촉한다. 아버지의 독백에서, 자신의 딸처럼 지참금을 많이 지닌 여자들이 남편을 쥐락펴락하려고 하는 것에 대해 못마땅하게 여기고 있음이 드러난다. 아무리 남편이 술을 많이 마시거나 바람을 피워도 남편의 일거수일투족을 감시하려들지 말고 필요한 모든 것을 제공해주는 남편에게 감사하고 주어진 현실에 만족해야 한다고 자신의 딸에게도 충고한다.

아버지 역시 그의 딸처럼 소시클레스를 잘못 알아보고 자신의 사위 메내크무스로 오해한다. '사람 잘못 알아보기'의 다섯 번째 예이다. 아버지는 시시비비를 가리겠다며 두 사람을 추궁하고, 이 과정에서 소시클레스는 인내심을 잃고 폭발한다. 아내와 아버지는 소시클레스가 자신들을 알아보지 못하고 분노하는 것을 실성한 때문이라고 단정한다. 부녀는 의사를 데려오도록 사람을 보낸다. 소시클레스는 그 상황을 빠져나갈 수 있는 유일한 길은 그들이 말하는 것처럼 자신이 실성한 척 가장하는 일이라 생각한다. 그는 일부러 실성한 척 하기 위해 아폴로 신을 들먹거리며 그들을 마녀와 늙은 사자라고 소리 지른다. 그는 상상의 마차를 탄 채로 그들을 공격하는 척 고함치며 위협한다. 그의 속임수는 성공하여 아내는 도망치고 아버지는 의사를 부르러 간 사이 그는 무사히 도망칠 수 있게 됨으로써 간신히 위기를 모면한다.

5막(882-1162행; 이 책 106-135 페이지) 사위가 미쳤다고 생각한 아버지가 의사를 불러 온 사이, 진짜 사위인 메내크무스가 낭패를 본 하루를 불평하며 되돌아온다. 그는 영문도 모른 채 장인에게 이끌려 강제로 의사의 진단을 받게 된다. 환자를 진단하기 위한 것이라며 의사가 던지는 질문들은 전문 의학 지식과는 거리가 먼 것들로서, 그가 허풍선이 돌팔이 의사임을 여실히 드러낸다. 당황한 메내크무스가 빈정대듯 내뱉는 대답들은 그 장면을 지켜보는 관객들이 웃음바다를 만들기에 충분하다. 그 과정에서 메내크무스는 인내심을 잃게 되고 장인에게 화를 내며 온갖 모욕을 준다. 아내와 아버지는 메내크무스의 이러한 흥분한 태도를 보고 그가 실성한 것이라고 확증한다. 그들은 그를 무대 위에 홀로 남겨둔 채로 잠시 자리를 비운다. 여기서 메내크무스의 혼란은 극치에 달한다. 그는 진정한 자신의 정체성은 무엇인지 의문을 제기한다. 자신이 과연 실성한 사람인지, 제정신인지의 구분이 혼란스럽기만 하다. 그 사이 아버지는 사위를 의사의 집에 감금하기 위해 끌고 갈 노예들을 불러온다.

이어서 여섯 번째 '사람 잘못 알아보기'로 인한 오해와 혼란이 발생한다. 메세니오는 그의 주인을 찾으며 에로티움의 집 앞에 도착한다. 노예들이 메내크무스를 강제로 끌고 가는 것을 목격한 메세니오는 메내크무스를 자신의 주인으로 잘못 알아보고 주인을 구출하기 위해 필사적으로 뛰어든다. 그를 구출해 준 보상으로 메세니오는 자신을 노예 신분에서 해방시켜 달라고 메내크무스에게 요청한다. 메내크무스는 다시 한번 납득할 수 없는 상황에 직면하여 별다른 생각 없이 메세니오를 자유인으로 해방시킨다. 짐을 가지러 떠나자마자 메세니오는 거의 즉시, 방금 전에 일어난 상황에 대해 전혀 모르고 있는 그의 원래 주인 소시클레스와 함께 되돌아온다. 또한 때마침 에로티움 집에서 나오던 메내크무스는 메세니오를 다시 만나자 자신을 구출해주었던 젊은이로 즉각 알아본다. 메세니오는 각자 메내크무스라고 주장하는 쌍둥이의 똑같은 외모 때문에 무척 당황해한다. 쌍둥이 형제 역시 대면하게 된다. 메세니오는 쌍둥이 형제의 인지 장면에서 주도적인 역할을 해낸다. 그는 쌍둥이 형제 각자에게 고향, 부모 이름, 헤어지게 된 연유 등에 관해 약삭빠른 질문을 하는 긴 확인 과정을 통해 그들이 헤어졌던 쌍둥이 형제임을 밝혀내고, 또한 그들 중 누가 자신의 진짜 주인인가를 어렵게 가려낸다. 그 보상으로 메세니오는 이번에는 진짜 주인인 소시클레스의 승인 하에 자유인으로 해방된다. 그 동안 뒤엉켰던 모든 혼란이 해결되는 순간이다. 드디어 상봉한 쌍둥이는 둘이 함께 시라큐스로 되돌아가기로 결정한다. 자신의 반쪽과도 같은 혈육의 존재를 확인한 메내크무스는 에피담누스에서의 그동안의 삶을 포기하고, 모든 것 − 아내까지도 포함해서 − 을 경매에 부쳐 정리한 후에 자신의 진정한 고향 시라큐스로 되돌아갈 의사를 밝힌다. 이제 자유인으로 거듭난 메세니오처럼 메내크무스 또한 고향에서 새출발함으로써 재탄생하는 것이다.

작품 이해를 위한 질문

1. 플라우투스의 『쌍둥이 메내크무스 형제』의 플롯에서 드러나는 대칭적 구조를 주제적 대비와 연관지어 설명하라.

2. 로마 시대에 이 극의 공연에서 가면이 사용되었는지의 여부에 관해서는 이견이 분분하다. 당시의 가면 사용 여부에 관한 본인의 견해를 근거를 들어 설명하라.

3. 이 극은 셰익스피어의 『실수연발』의 가장 주된 원전으로 알려져 있다. 셰익스피어가 이 극에서 차용한 것과 변형시킨 것을 아는 대로 설명하라.

4. 메세니오는 어떤 종류의 하인인가? 소시클레스를 대하는 그의 태도는 메내크무스를 대하는 페니쿨루스의 태도와 어떻게 다른가?

5. 결혼한 여자의 역할에 대한 등장인물 아버지의 견해를 설명하라.

6. 등장인물 의사에 대한 플라우투스의 묘사는 유행을 좇는 돌팔이 의사에 대한 일종의 희화화로 볼 수 있다. 작품에서 그 근거가 될 수 있는 것을 구체적으로 논하라.

7. 플라우투스는 쌍둥이 형제의 상봉 장면에서 서로를 친형제로 확인하기까지의 인지 장면을 길게 만들었다. 그 의도가 무엇이라고 생각하는가?

모법답안

1)번 질문에 대한 모범 답안

이 극의 플롯의 첫 번째 원리는 마지막 막에 이를 때까지 쌍둥이가 대면하지 않도록 되어있다는 것과, 그리고 그 때까지 그들이 교대로 등장한다는 것이다. 쌍둥이 중 한 명이 다른 한 명과 대체될 때마다 부수적인 상황의 변화가 발생되는 이런 단순한 연속적 절차는 사건의 연속 가운데 반복과 역전의 복잡한 패턴을 만들 뿐만 아니라 일련의 새로운 등장인물들이 연속적으로 오해에 연루되도록 민든다.

뿐만 아니라 장면들 간의 병행과 대비에 의해 강조되는 사건의 대칭적인 대응관계로 구성된 플롯은 각 단계마다 정반대의 가치를 나타내는 주제적 대비와도 연관된다. 예컨대 돈의 가치와 가족의 가치, 체면과 쾌락, 자유와 구속 간의 대비가 그것이다.

또한 소시클레스와 메내크무스의 행운이 대조적으로 교차되는 플롯은 그들이 표방하는 가치관의 대조를 보여준다. 바다를 건너 잃어버린 형을 찾아 헤매는 소시클레스가 자유와 불안정을 나타낸다면, 메내크무스는 가정적·사회적 책무에의 구속을 나타낸다. 쾌락의 삶을 대변하는 정부 에로티움은 아내가 대변하는 가족 구조 내에서의 물질적 책임감과 사회적 의무라는 가치와 대비된다. 메내크무스에게 붙어 다니는 페니쿨루스는 자유인의 신분이면서도 자신의 식탐을 만족시키기 위해 스스로 메내크무스에게 종속된 식객의 길을 택하지만 메내크무스/소시클레스를 배반한 대가로 버림받는다. 반면 소시클레스에게 늘 붙어 다니는 그의 하인 메세니오는 주인이 돈주머니를 맡길 정도로 충직한 노예이다. 그는 소시클레스/메내크무스를 구해준 대가로 그가 그토록 갈망하던 자유를 얻는다.

이처럼 이 극에서는 쌍둥이의 똑같은 외모 때문에 야기되는 연속적인 오해의 반복과 역전이 플롯의 병행 혹은 대비와 연결될 뿐만 아니라 서로 대비되는 가치를 나타내는 주제적 대비와도 연관되어 있다.

플라우투스의 대표 작품 목록

『황금 단지』(Aulularia: The Pot of Gold)

『바키스라는 두 명의 여자』(Bacchides: Two Girls named Bacchis)

『포로』(Captivi: The Prisoners)

『옥수수 바구미』(Curculio: Corn-Weevil)

『상인』(Mercator: The Merchant)

『허풍선이 군인』(Miles Gloriosus: The Swaggering Soldier)

『유령』(Mostellaria: The Ghost)

『페르시아인』(Persa: The Persian)

『카르타고인』(Poenulus: The Carthaginian)

『밧줄』(Rudens: The Rope)

『야만인』(Truculentus: The Savage)

『암피트뤼오』(Amphitryo)

참고문헌

『그리스·로마극의 세계』. 고전·르네쌍스 드라마 한국학회 편. 서울: 도서출판 동인, 2000.

Beacham, Richard C. *The Roman Theatre and Its Audience.* Cambridge: Harvard UP, 1991.

Boardman, John & Griffin Jasper & Murray Oswyn. *The Oxford Illustrated History of the Roman World.* Oxford UP, 1988.

Butler, James H. *The Theatre and Drama of Greece and Rome.* New York: Chandler Publishing Company, 1972.

Casson, Lionel. *Libraries in the Ancient World.* New Haven and London: Yale UP, 2002.

Duckworth, George E. *The Nature of Roman Comedy.* Norman: Oklahoma UP, 1994.

Lawall, Gilbert & Quinn, Betty Nye. *Plautus' Menaechmi.* Wauconda: Bolchazy-Carducci Publishers, 1981.

Muecke, Frances. *Plautus: Menaechmi.* London: Bristol Classical Press, 2003.

Plautus. *Menaechmi*. Ed. Gratwick, A.S. Cambridge: Cambridge UP, 1997.

Plautus. *The Pot of Gold and Other Plays*. Trans. E.F. Walting. Middlesex: Penguine, 1972.

Segal, Erich. *Roman Laughter: The Comedy of Plautus*. N.Y.: Oxford UP, 1987.

Woolf, Greg Ed. *Cambridge Illustrated History: Roman World*. Cambridge UP, 2003.

· 옮긴이

심미현 이화여자대학교 영어영문학과 졸업, 동대학원 석사
고려대학교 대학원 박사
현재, 경성대학교 영어영문학과 교수
저서 및 역서:『영문학으로 문화읽기』(편저)
『셰익스피어/현대영미극의 지평』(편저)
『번역』(역서)
『영국 르네상스 드라마의 세계』(편저)
『비극과 희극, 그 의미와 형식』(공역)
『셰익스피어 비평 연구』(공역)
『현대영미희곡 작품론 노트』(편저) 외

쌍둥이 메내크무스 형제: 메내크미

플라우투스 지음 / 심미현 옮김
초판 1쇄 발행일 2007. 2. 28
ISBN 978-89-5506-318-9

· 펴낸곳

도서출판 동인 / 펴낸이 · 이성모 / 주소 · 서울시 종로구 명륜동2가 237 아남주상복합Ⓐ 118호 / 전화 · (02)765-
7145,55 / 팩스 · (02)765-7165 / Homepage · www.donginbook.co.kr / E-mail · dongin60@chol.com
/등록번호 · 제 1-1599호

정가 8,000원

※ 잘못 만들어진 책은 바꾸어 드립니다.